# MARIUS VACHON

MISSIONNAIRE DU MINISTÈRE DES BEAUX-ARTS DE 1882 à 1893.

## LA

# GUERRE ARTISTIQUE

## AVEC L'ALLEMAGNE

### L'ORGANISATION DE LA VICTOIRE

PARIS

LIBRAIRIE PAYOT ET C<sup>ie</sup>

106, BOULEVARD SAINT-GERMAIN, 106

1916

# LA GUERRE ARTISTIQUE
## AVEC L'ALLEMAGNE

MACON, PROTAT FRÈRES, IMPRIMEURS.

# MARIUS VACHON

MISSIONNAIRE DU MINISTÈRE DES BEAUX-ARTS DE 1882 à 1898.

## LA

# GUERRE ARTISTIQUE

## AVEC L'ALLEMAGNE

L'ORGANISATION DE LA VICTOIRE

PARIS

LIBRAIRIE PAYOT ET Cie

106, BOULEVARD SAINT-GERMAIN, 106

1916

# PRÉFACE

---

*Quand la grande Guerre militaire actuelle sera terminée par la victoire des nations alliées pour la défense de la liberté des peuples, de la civilisation et de l'humanité, contre la barbarie et le despotisme germaniques, une Guerre nouvelle commencera, la Guerre artistique, industrielle et commerciale, dans des conditions qui la feront également terrible et implacable.*

*La préparation parfaite de cette guerre est une des plus sérieuses et des plus instantes préoccupations de l'Entente. Personne ne veut s'exposer à se retrouver dans la situation tragique où nous étions tous, Français, Anglais et Russes, au moment de l'Invasion teutonne : les cruelles leçons de 1914 ont porté leurs fruits.*

*L'Allemagne, de son côté, prend déjà toutes les dispositions et mesures imaginables pour essayer de compenser, dans la mesure des possibilités humaines, par les succès de ses artistes, de ses industriels et de ses commerçants, les défaites de ses généraux et de ses soldats. Et, dans cette ten-*

*tative désespérée de revanche, elle apportera les méthodes supérieures d'organisation militaire, qui auraient amené notre écrasement, si l'idéal sublime et l'inébranlable héroïsme de nos armées n'avaient brisé sa ruée, et rendu ses crimes, ses horreurs et ses monstruosités stériles, — sinon pour elle d'une honte éternelle.*

*L'expression : « la Guerre artistique de demain » n'est pas une simple figure de rhétorique, employée dans la circonstance pour frapper l'imagination au moyen d'un titre sensationnel ; elle détermine exactement la situation. C'est bel et bien une guerre, une guerre à mort, où ne peuvent espérer remporter une victoire définitive et décisive que les belligérants possédant les plus forts contingents de troupes, les plus puissamment armés, les mieux pourvus de munitions pour ainsi dire inépuisables, les plus résolument décidés à vaincre par leur vaillance, leur audace, leur esprit de sacrifice, leur endurance et leur ténacité.*

*Il ne saurait plus être question aujourd'hui de la concurrence artistique, industrielle et commerciale, telle qu'elle existait, il y a encore un demi-siècle, entre les nations civilisées, qui avaient établi, par la tradition et par l'usage, une sorte de code d'honneur, de loyauté et de courtoisie, ayant toute la valeur d'une convention internationale,* universellement respectée. Les Allemands ont traité ce code-là comme un autre « chiffon de papier » ; et, dans ce domaine nouveau de leur activité nationale, ils ont instinctivement apporté les principes, les idées, les habitudes et les mœurs de leur militarisme scientifiquement barbare.

Cette transformation de la concurrence traditionnelle en guerre moderne doit entraîner pour nos artistes et nos industriels d'art une transformation radicale de leur mentalité d'hier, où il semble bien qu'il entrait moins d'esprit de solidarité corporative que d'égoïsme individuel, plus de timidité que de hardiesse dans la lutte contre l'étranger, et surtout une trop grande confiance, souvent illimitée, dans la Tutelle de l'État, à qui l'on s'en remettait du soin d'aplanir toutes les difficultés, de résoudre tous les problèmes, et de faire la vie facile, agréable, douce, et fructueuse en bénéfices, honneurs et décorations.

L'opération sera d'autant plus aisée qu'en somme elle consistera dans la continuation pure et simple de la mentalité, autrement supérieure, acquise au cours de l'existence guerrière des tranchées.

Le titre de ce volume est ainsi parfaitement expliqué et hautement justifié.

Dans cette guerre nouvelle avec l'Allemagne, la Guerre artistique, il y aura aussi de la place et

de la besogne pour tout le monde : sur le front,
dans les tranchées, en seconde ligne, et à l'arrière.
Chacun aura le devoir patriotique de faire tout ce
qu'il pourra, de tout son cœur, de toute son âme,
pour aider à la victoire finale et décisive. Personne, pour des raisons quelconques, à moins
d'une invalidité complète, intellectuelle et physique,
ne saurait s'y soustraire, sans être inculpé de
désertion devant l'ennemi.

Depuis l'année 1878, je me suis adonné spécialement à l'étude des questions concernant les Industries d'art. Pendant dix-huit ans, j'ai fait, pour le
ministère de l'Instruction publique et des Beaux-
Arts, des missions d'enquêtes en France et dans
tous les pays d'Europe, sur les institutions diverses
créées pour le développement et la propagation de
ces industries : écoles, musées et associations. A la
suite de ces missions, ne me contentant point de la
publication officielle — hélas ! souvent platonique —
des rapports de ces missions, j'en ai voulu faire
connaître les principaux documents et informations, au moyen de conférences publiques, de meetings populaires, et d'entretiens particuliers avec
les municipalités, les chambres de commerce, les
chambres syndicales, les associations artistiques, et
les bourses du travail, dans tous les grands centres
industriels. Et, en même temps, je tentais d'appli-

quer, ici et là, dans des écoles et dans des musées de ces mêmes centres, les innovations et les progrès réalisés à l'étranger.

Il m'a semblé que, dans les graves circonstances présentes, j'avais le devoir de mettre au service de ceux qui préparent, et qui vont faire la Guerre artistique de demain avec l'Allemagne, l'expérience que j'ai pu acquérir, pendant plus d'un quart de siècle de travaux, qui ont tout au moins le mérite de l'indépendance la plus complète d'idées, d'opinions et de buts.

Dans ce livre, j'ai analysé, avec autant de précision que possible, le puissant organisme d'enseignement et de propagande pour les Industries d'art créé par les Allemands dès 1881, et qui leur a servi à battre en brèche, pendant trente ans, la suprématie artistique séculaire de la France, et qui leur servira encore dans la Guerre nouvelle de demain, sans aucun doute renforcé, intensifié et perfectionné. Je me suis efforcé de détruire les légendes, les erreurs et les préjugés qui ont cours en France à ce propos, et que les défenseurs de la centralisation administrative et de la Tutelle de l'État omnipotent mettent machiavéliquement à profit pour étayer leurs désastreuses théories sociales. Il ne s'agit point, ici, de faire admirer béatement les institutions particulières de nos ennemis, non plus

que de les proposer sottement en exemples à suivre,
en toute hâte, sans se préoccuper des différences
d'idéals, de tempéraments et de caractères, qui
existent entre les deux races si dissemblables.
L'unique objectif poursuivi, — et atteint, je l'espère, — a été de savoir, et faire connaître, avec le
plus de précision possible, quels sont les éléments
de cet organisme d'enseignement et de propagande,
afin d'y découvrir ce qui peut être utilisé opportu-
nément, par une adaptation intelligente à nos
besoins, à nos mœurs, à nos idées, et à nos traditions.
- Les Romains avaient un axiome politique et administratif, exprimé en leur style lapidaire : « Etsi ab
hoste doceri » (Il y a apprendre même d'un
ennemi). Certes, on ne peut suspecter ceux qui ont
créé l'âme latine, dont nous avons hérité, d'avoir
témoigné de la moindre vénération pour la mentalité germanique, définie si terriblement par Tacite,
non plus que d'avoir jamais manqué d'orgueil
national : Pourtant, ils n'ont jamais hésité à
prendre chez l'ennemi traditionnel les idées, les
inventions, les innovations, etc., qu'ils estimaient
pouvoir leur être de quelque utilité.

Pour employer encore une comparaison d'ordre
militaire, du fait que les Allemands avaient créé
pour la Guerre actuelle une formidable artillerie
lourde et à longue portée, devions-nous renoncer

à leur en opposer une plus puissante encore ou tout
au moins équivalente ? Non, assurément. Pour
l'avoir ignoré, sinon méconnu, nous nous sommes
laissé devancer ; et nous n'en n'avons pas moins dû
en faire autant et avec précipitation, par conséquent
dans de très mauvaises conditions. Il n'en serait
pas différemment en matière d'organisation de nos
Industries d'art.

Parallèlement j'ai fait un exposé impartial,
mais non impassible, de la situation dangereuse
d'infériorité de combat, faute de plans d'ensemble,
de chefs, de soldats et de munitions, où nous nous
sommes trouvés souvent vis-à-vis de l'ennemi. Ce
double travail a été douloureux, mais il était
nécessaire, indispensable. Avant de livrer une
bataille, l'on doit connaître aussi exactement que
possible le fort et le faible de l'adversaire, savoir quel
est le chiffre des soldats qu'il peut mettre en ligne,
la quantité de munitions dont il dispose, ses ressources financières, etc. ; afin de pouvoir lui opposer
des forces égales sinon supérieures.

De la comparaison que le lecteur fera instinctivement entre les deux méthodes de préparation et
d'organisation, et entre les deux tactiques, employées
dans la Guerre artistique, industrielle et commerciale, que nous déclarait, en 1881, le Kronprinz,
lors de l'inauguration du Musée impérial des Arts

décoratifs de Berlin, — dont la Guerre de demain
ne sera que la continuation formidable —, sortira
la conclusion, naturelle et logique, des viriles et
décisives résolutions à prendre pour organiser
sûrement la victoire.

S'il était encore de mode de mettre des épi-
graphes aux livres, je choisirais volontiers, de nouveau, cette belle pensée de Guillaume le Taciturne :
« Point n'est besoin d'espérer pour entreprendre,
ni de réussir pour persévérer ! » ; ou bien encore
cette autre du même personnage : « Il faut agir
« comme si on pouvait tout, et se résigner comme
« si on ne pouvait rien ! »

# LA GUERRE ARTISTIQUE
## DE DEMAIN

## CHAPITRE PREMIER

### L'INVASION ARTISTIQUE DE LA FRANCE PAR L'ALLEMAGNE DE 1882 à 1914.

### I

#### AU LENDEMAIN DE LA GUERRE DE 1870.

Après le traité de Francfort, qui arrache à la France l'Alsace et la Lorraine, qui lui impose une rançon de cinq millards, et la clause désastreuse de l'octroi perpétuel à l'Allemagne du traitement de la nation la plus favorisée dans tous les traités de commerce ; après la Commune, qui est venue ajouter aux hécatombes des champs de bataille de la guerre celles des Journées de mai 1871, vidant Paris et les grandes villes de milliers et milliers l'artistes du plus grand talent, nos ennemis, grisés par la gloire militaire et par l'orgueil de la victoire, avaient bien cru que nous ne nous relèverions jamais, sinon avant un très long temps, de nos défaites, de nos ruines et de nos pertes. Lorsqu'ils virent qu'en moins de trois ans s'était accomplie la libération du territoire, qu'il se manifestait, dans tous les domaines de l'activité nationale, une véritable Renaissance, leur colère égala leur stupéfaction : ils s'étaient trompés grossièrement dans leurs calculs, dans leurs prévisions et dans leurs espérances. Une nouvelle guerre leur apparut de toute nécessité pour nous réduire, et nous écraser définitivement. Hésitant à employer les armes, en présence des dispositions diplomatiques de l'Europe favorables à la France, ils décidèrent de nous faire une guerre industrielle et commerciale, qui ne serait ni moins bien organisée, ni menée avec plus de ménagements que ne l'aurait été la guerre militaire.

L'Exposition universelle de Philadelphie, en 1876, avait démontré à l'Allemagne qu'elle n'était pas en mesure de lutter avec des chances de succès contre la France, immédiatement, dans les conditions de son organisation économique. Le commissaire général allemand avait envoyé à son Gouvernement un rapport dans lequel, avec une franchise brutale mais saisissante, il déclarait évidente et lamentable l'infériorité de la section allemande sur toutes les autres sections étrangères. Etait-ce vrai ? Y avait-il là un coup monté entre le Gouvernement et le commissaire, à la façon de la fameuse Dépêche d'Ems en 1870, pour surexciter, et pousser aux manifestations extrêmes l'amour-propre germanique ? Cette seconde hypothèse paraît très vraisemblable : elle est dans la tradition. Toujours est-il que le Gouvernement, bien loin de désavouer et de casser aux gages le commissaire — comme on l'aurait fait chez nous — s'empressa de donner au rapport la plus grande publicité, au rapporteur un avancement extraadministratif, qui fut considéré comme une récompense exceptionnelle de son ardent patriotisme, et de la justesse de son jugement, quelque douloureux qu'il ait pu être pour l'amour-propre germanique.

Et l'organisation de la nouvelle guerre contre la France, la guerre artistique industrielle et commerciale, fut aussitôt entreprise, avec toute la méthode, toute l'énergie, toute la ténacité et toute la rapidité que l'Allemagne aurait pu apporter à l'organisation d'une guerre militaire. Quand on fut prêt, en 1881, à l'inauguration solennelle du Musée impérial des Arts décoratifs de Berlin, le Kronprinz, qui s'était consacré corps et âme à cette organisation, avec la collaboration précieuse de la princesse impériale pour la partie des Industries d'art, déclarait officiellement la guerre à la France en ces termes catégoriques : « *Nous avons vaincu la France en 1870 sur les champs de bataille, nous voulons la vaincre désormais sur le terrain de l'industrie et du commerce* ».

Et, c'était bien, en effet, une guerre nouvelle qui allait commencer contre la France, guerre merveilleusement organisée, sous forme d'une invasion formidable, ayant toute la physionomie de la ruée teutonne traditionnelle, commandée par un puissant et énergique état-major, menée par une gigantesque armée d'industriels, d'artistes et d'ouvriers, éclairée par une nuée d'espions de tous sexes et de tous grades.

Cette déclaration de guerre ne fut pas entendue en France ; à peine si deux ou trois journaux économiques la signalèrent incidemment. Le Gouvernement n'en fit aucune communication officielle aux chambres de commerce, aux associations corporatives, non plus qu'au Parlement, comme il semble pourtant que c'eût été son devoir le plus élémentaire [1].

## II

### LES PREMIÈRES BATAILLES
### ET LES PREMIÈRES VICTOIRES ALLEMANDES.

Dès 1884, le tableau du commerce de la France accuse une dépression générale de 991 millions sur l'année précédente, et de 10 % sur la moyenne de la période quinquennale antérieure. Par contre, l'exportation générale de l'Allemagne avait progressé de près d'un milliard de marks, comparativement avec 1872 : 3,335 millions, au lieu de 2,492 millions.

La marine marchande allemande, qui, en 1870, était au dernier rang de celles des grandes puissances mondiales, conquiert le troisième, immédiatement après l'Angleterre et les États-Unis, et

---

1. Un simple grelot fut attaché sous la forme d'une brochure, fort modeste, publiée en 1882, sous ce titre pourtant suggestif : « *Nos Industries d'art en péril* », du prix de 1 franc ; il n'eut guère de retentissement ; à peine s'il se vendit un demi-millier d'exemplaires de cette brochure.

devance la France. Les Anglais, eux-mêmes, cons-
tatent avec stupeur que l'Allemagne porte une
atteinte sérieuse à la suprématie industrielle et
commerciale de l'Angleterre. Dans un discours
prononcé à la Chambre de commerce de Manchester, en 1885, le ministre du Commerce anglais,
M. Goschen, faisait cette nette déclaration : « Bien
« que l'on fasse des progrès en Angleterre, on en
« fait de plus rapides ailleurs. »

L'invasion allemande en France a commencé.
En 1881, on compte chez nous plus de 80,000 immigrés teutons, dont 31,300 habitent Paris ! C'est
l'avant-garde !

En 1889, l'Allemagne se sent en mesure de nous
concurrencer victorieusement à l'Exposition universelle ; elle s'était prudemment abstenue de
participer à celle de 1878 !

Tout entière hypnotisée et absorbée par le
succès prodigieux de la Tour Eiffel, et de la
« Cité bleue » du Champ-de-Mars, qui, pendant six
mois, mettent Paris en fête et la France en agitation, la grande presse se garde bien de jeter dans ce
brillant concert d'enthousiasme mondain la moindre
note d'inquiétude. La consigne générale est la
célébration joyeuse du centenaire de la prise de la
Bastille !

De 1889 à 1900, les Industries d'art allemandes ne cessent de progresser. Non seulement l'Allemagne nous enlève notre clientèle artistique sur tous les marchés du monde qu'elle envahit et domine de plus en plus, grâce au développement incessant de son immigration, qui lui assure partout des agents actifs de propagande ; mais elle nous fait de plus concurrence chez nous et dans nos colonies.

Pendant l'année 1898, les importations de l'Allemagne en produits de ses Industries d'art ont augmenté de 16 millions sur l'année 1897, et de 17 millions et demi sur l'année 1896. Ces différences portent principalement sur la Céramique, la Verrerie, les Cristaux, les Livres, les Estampes, la Bimbeloterie (Articles de Paris !), l'Horlogerie et le Mobilier.

Dans une séance tenue le 17 décembre 1898, la chambre syndicale de l'Ameublement de Paris déclare officiellement que la fabrication du meuble en France, et spécialement à Paris, est depuis quelques années dans une situation difficile, en raison de l'importation étrangère, surtout allemande.

La grande industrie parisienne de l'Orfèvrerie et de la Bijouterie, sans rivale au monde, jusqu'au milieu du XIXᵉ siècle, est profondément atteinte. Les Allemands, en cette même anné 1898, exportent en France 633 kilos d'or de plus ; et nous leur en envoyons 700 de moins !

Aussi, de 1880 à 1896, le centre de l'Ameublement, le faubourg Saint-Antoine, à Paris, a-t-il perdu près de 10,000 ébénistes ; le quartier du Marais, le même nombre de bronziers, d'orfèvres et de lapidaires ; Belleville, Popincourt et Ménilmontant, plus de 10,000 ouvriers de la Maroquinerie et de l'Article de Paris.

Relativement à la situation de la Bijouterie, le directeur d'un journal professionnel écrira en ce temps :

« La Bijouterie allemande continue sa marche
« ascendante. Si elle va de ce train encore quelques
« années, — et je ne vois pas ce qui l'en empê-
« chera, — les fabricants français auront pour
« unique et dernière ressource de devenir les dépo-
« sitaires de leurs collègues d'outre-Rhin. On
« m'affirme que quelques-uns ont déjà pris ce
« parti. On m'a cité des noms ; mais on comprend
« que je ne puisse les publier ! »

Mais, alors, la France est en pleine agitation du Boulangisme, à laquelle succédera la guerre

civile du Dreyfusisme. On ne pense guère à l'Allemagne, à son prodigieux développement artistique,
industriel et commercial ; on l'oublie complètement.
L'activité de la nation semble se résumer dans
l'organisation de l'Exposition universelle de 1900,
la grande Foire du monde, imaginée pour célébrer
l'aurore du xxᵉ siècle, et par laquelle il doit être
fait surtout la démonstration, suivant le discours
grandiloquent, prononcé par le ministre du Commerce, à son inauguration, que : « L'Humanité
« monte, monte sans cesse vers cette région lumi-
« neuse et sereine où doit, un jour, se réaliser
« l'idéal et parfait accord de la puissance, de la
« justice et de la bonté » !! ??

## III

### L'APOTHÉOSE DE L'ALLEMAGNE
### A L'EXPOSITION UNIVERSELLE DE 1900.

L'Exposition universelle de 1900 sera l'occasion
superbe, depuis longtemps espérée et impatiem-
ment attendue par l'Allemagne, d'une véritable
apothéose mondiale de l'Empire, apothéose qu'elle
a préparée avec une habileté extraordinaire, et avec
une majestueuse ampleur, de façon à en imposer à
l'univers par le spectacle vraiment émouvant de ses

progrès dans toutes les branches de l'activité humaine, et à donner à l'orgueil de tous les confédérés allemands la satisfaction la plus complète, comme récompense et comme encouragement pour tout ce qu'ils avaient fait et qu'ils devaient faire encore afin de développer la prospérité, la puissance et la gloire de la commune patrie.

Au milieu de la rue des Nations, le Gouvernement impérial élève un pavillon magnifique et grandiose, original et pittoresque, dans le style de la Renaissance allemande, l'époque où l'Empire, par l'avènement de la Bourgeoisie, industrielle et commerciale, s'affranchit énergiquement de l'influence française, qui, aux XII^e et XIII^e siècles, fut si intense et si profonde. Une tour, haute de 75 mètres, dressée au-dessus d'un vaste bâtiment rectangulaire, qui couvre une superficie de 700 mètres carrés, domine tous les pavillons d'alentour, et affirme orgueilleusement la recherche du « kolossal », qui sera la marque caractéristique générale des installations allemandes dans toutes les sections de l'Exposition. Les pignons élancés des trois façades, et les verrières des grandes baies, sont couverts de peintures, à l'aspect de fresques, aux sujets évoquant les vieilles légendes germaniques. L'aigle impériale forme le principal et éclatant motif de tous les ornements intérieurs et extérieurs. « Kolossal » aussi est l'escalier de 16 mètres de hauteur, autour duquel s'ouvrent les différents halls d'expositions, escalier de marbres de Bavière, aux rampes hardies, ornée d'énormes candélabres, où la lumière, qui tombe des verrières, répand une atmosphère de cathédrale, et fait religieux, plein de mysticisme, le décor de tentures sombres et de lourdes boiseries de vieux chêne sculpté. Le drapeau, arboré au-dessus de l'édifice, porte dans ses plis la devise pangermanique : « Deutschland über alles (l'Allemagne au-dessus de tous) ! ».

Pour atténuer ce que cette démonstration publique de la force de l'Allemagne pourrait avoir pour la France de trop brutal et aussi d'inquiétant, de nature à la mettre en éveil et à lui inspirer le sentiment et le désir d'une revanche, le Gouvernement allemand fera installer, dans le salon d'honneur du pavillon impérial, une exposition de nombreuses œuvres d'art français du xviii<sup>e</sup> siècle, provenant des châteaux de Potsdam : des peintures exquises de Watteau, de Lancret, de Pater, de Chardin, de Coypel, de Van Loo, des sculptures délicieuses de Houdon, de Pigalle, de Bouchardon, de Coustou le jeune, de Lemoyne, etc., etc. Et, dans le catalogue général de la section allemande, il mettra ce compliment galant à l'égard de la France d'antan :

« Sa Majesté l'Empereur a gracieusement donné
« la permission de faire dans sa collection un choix,
« grâce auquel les salles de représentation de la
« Maison allemande ont pu être décorées d'une
« manière absolument digne et artistique. Ces
« objets sont encore d'un plus haut intérêt lorsque
« on se rend compte de l'importance qu'ont eue
« l'art et le goût français sur le développement
« artistique de l'Allemagne au XVIIIᵉ siècle ; ils
« deviennent non seulement un hommage pour
« Frédéric le Grand, l'ami et le protecteur des
« sciences, de la philosophie et des arts français,
« mais ils sont encore une démonstration glorieuse
« de l'histoire des arts du Peuple français. »

A l'extrémité du quai de la Seine, dans la section maritime, le phare « kolossal » du port de Brême semble être, par ses dimensions et par la puissance de ses projections, le phare officiel de l'Exposition universelle.

La porte du vestibule de la galerie allemande, à l'Esplanade des Invalides, est faite d'un rocher

« kolossal », sur lequel l'aigle impériale éploye ses ailes immenses, et s'apprête à déchirer, avec ses serres formidables, un dragon pantelant : allégorie saisissante du Pangermanisme domptant et écrasant l'ennemi traditionnel de l'Allemagne. Dans ce rocher, s'ouvrent, en façon de cavernes de cyclopes géants, les divers stands des artistes industriels.

Au Champ-de-Mars, les portiques des classes allemandes de l'Électricité, des Machines, et de la Métallurgie, sont de « kolossales » constructions en fer forgé, dont les arceaux hardis et les fières volutes se terminent uniformément par une « kolossale » tête de Méduse, comme sur la consigne générale d'un symbolisme artistique constant, destiné à terrifier tous les concurrents des grandes industries allemandes : aucun visiteur intelligent et subtil ne pourra s'y méprendre. Dans tous les comptes rendus de l'Exposition faits par des écrivains sérieux, sachant voir et comprendre, l'on remarque des réflexions identiques à ce propos. L'un dira, avec une éloquence incisive : « La rude matière « est bien pour leur convenir ; sa résistance même « leur est chère, puisqu'ils la domptent, puisqu'elle « avive la conscience de leur autorité, en leur four-

« nissant une occasion de victoire, puisqu'elle in-
« carne enfin l'idée de la force et qu'elle favorise
« l'expression de cette puissance, de cette majesté
« où tend si impérieusement l'art germanique à
« l'aurore du xxᵉ siècle. »

Un autre écrivain résume ainsi ses sensations :
« Partout s'affirme et s'impose le modernisme,
« rude, sombre, un peu fatidique, que le règne du
« sabre et de l'impérialisme expansif font planer
« depuis plusieurs années sur la vieille terre des
« rêveuses Marguerites. C'est là l'expression d'une
« race fortement disciplinée, soumise au sentiment
« de fer qui la gouverne, mais vigoureuse, et qui
« prétend mater l'art, le réduire à ce qu'elle
« veut. »

Le catalogue officiel de la section allemande est
lui-même, en quelque sorte, un manifeste impérial,
une proclamation *urbi et orbi*, expliquant et com-
mentant le grand Œuvre allemand, et cela avec une
vigueur, une netteté et une précision singulièrement démonstratives et éloquentes.

En voici l'exorde :

« L'Empire d'Allemagne offre, au tournant du
« xixᵉ siècle, le spectacle d'un État bien ordonné
« qui se trouve dans une période d'heureux déve-

« loppement. Contrastant singulièrement avec le
« déclin du siècle précédent, qui fut témoin de
« l'écroulement des derniers jours d'un Empire,
« dix fois séculaire, l'année 1900 marque une
« étape importante sur la voie de la consolidation
« intérieure de l'État relevé, et fort dans son unité
« reconquise. »

A deux pas du tombeau de Napoléon Ier, et à
quelques lieues du palais de Versailles, ces allusions
historiques avaient une très nette intention et une
formelle signification, que l'instinct de la courtoisie
la plus élémentaire aurait fait écarter instantanément par tout autre hôte de la France, mais qui
en prenaient l'allure d'une véritable injure à l'égard
de la nation vaincue en 1870, à laquelle avait été
réservée la douleur de la restauration de l'Empire
germanique dans la résidence même de Louis XIV.
Cette allure était encore accentuée, en façon de
défi, par la fin de l'avant-propos de ce catalogue :

« La prospérité économique et politique de l'Al-
« lemagne ne repose point sur un développement
« accidentel de forces capricieuses, mais bien sur un
« travail sérieux et réfléchi, s'étayant sur le sys-
« tème bien ordonné d'une instruction et d'une
« éducation richement ramifiées ; loin de chercher

« le complément de son développement dans la
« seule jouissance de vulgaires biens matériels, la
« nation, d'un pas robuste et sain, suit la route
« qui conduit vers des conquêtes de la plus noble
« essence : l'intelligence de l'art, le goût artis-
« tique, la culture intellectuelle. »

C'était déjà, sur un théâtre mondial, l'affirmation solennelle de la supériorité de la « kultur »
allemande, et de l'ambition de l'Allemagne de régénérer le monde en lui imposant ses idées et ses
vertus, en même temps que les produits de ses
industries multiples et diverses.

Viennent ensuite dans ce catalogue de nombreuses pages de statistiques et de renseignements,
destinés à faire la preuve des progrès incessants,
accomplis dans tous les domaines :

L'accroissement continu de la population de
l'Empire, doublée depuis l'année 1815, et augmen-
tée, chaque année, d'un million depuis la Guerre
de 1870, malgré les immigrations transocéaniques,
présentées non point comme un affaiblissement,
mais bien, au contraire, comme un affermissement
de la nation ;

Le développement constant de l'industrie,
témoigné par une augmentation de 71 % des

classes industrielles et commerciales, dont la production générale, triplée de quantité et doublée de
valeur en douze ans, dépasse le chiffre de 10 milliards de marks, et dont plus du tiers s'exporte à
l'étranger ;

Le chiffre prodigieux des capitaux allemands
engagés dans le monde entier, dépassant 14 milliards de marks ;

L'extension de l'instruction publique reçue par
le 5e de la population totale de l'Allemagne dans
59.300 écoles populaires fréquentées par près
de 9 millions d'enfants, dans 1.400 écoles secon-
daires réunissant 360.000 jeunes gens, 2.200 écoles
d'agriculture de divers degrés, 26 écoles supérieures
techniques et professionnelles comptant plus de
100.000 élèves, et 22 universités dont la population scolaire dépasse 32.000 étudiants : le tout doté
d'un budget d'un demi-milliard de marks. Et, dans
ces chiffres divers ne sont pas comprises, ajoute-
t-on soigneusement, « les innombrables institutions
privées déversant à flots l'instruction et l'éducation
aux artistes et aux ouvriers ».

En ce qui concerne particulièrement les Industries d'art, le catalogue signalait, en des chapitres
nombreux, leurs progrès immenses et leur évi-

dente supériorité sur les industries des autres nations.

Par exemple, on y pouvait lire ceci :

« L'Impression allemande est arrivée à un tel
« degré de perfectionnement que ses produits
« supportent la concurrence de tous les autres pays
« du monde ;

« L'Impression des illustrations est arrivée à
« une très grande perfection, surtout celle des jour-
« naux illustrés, qui est si parfaite qu'aucun autre
« pays ne l'atteint ;

« La Lithographie et la Chromolithographie oc-
« cupent un grand nombre d'ateliers, dont les
« excellents produits sont répandus dans tous les
« pays ; quelques maisons mêmes ne travaillent
« que pour l'étranger, surtout pour l'Amérique et
« l'Angleterre ;

« La Photomécanique (héliogravure, phototypie,
« autotypie, zincographie) s'est constamment déve-
« loppée depuis des années, de sorte qu'aujourd'hui
« ses produits comptent parmi les meilleurs sur le
« marché international ;

« La Papeterie est la plus importante du monde
« entier ; elle s'est rendue presque complètement
« indépendante de l'étranger en ce qui concerne

« la matière première et les machines dont elle se
« sert. »

Pour les industries de la Céramique, de la Verrerie, de l'Orfèvrerie et de la Bijouterie, le catalogue publiait avec fierté les chiffres de leurs ateliers
et de leurs ouvriers :

288.072 céramistes, répartis en 12.567 ateliers,
dont la production annuelle atteint près de 114 millions de marks, le tiers exporté ;

65.231 verriers, fabriquant pour 115 millions de
marchandises diverses, dont le cinquième est
acheté par l'étranger ;

40.836 orfèvres et bijoutiers employés dans
6.859 ateliers ;

50.000 ouvriers dans l'industrie des jouets, dont
les deux tiers de la production dépassant 50 millions
de marks sont exportés ;

43.674 personnes — dont 31.561 femmes — oc-
cupées à faire des dentelles et des broderies, qui
pour le plus grand nombre sont vendues à l'étranger, qui paye annuellement de ce fait à l'Allemagne
près de 34 millions de marks.

Les optimistes n'ont cessé de répéter, pendant
et après l'Exposition universelle de 1900, que la
participation si brillante, et si habilement organi-

sée, de l'Allemagne n'était qu'un simple bluff destiné à jeter de la poudre aux yeux de l'univers; et
ils ajoutaient même que l'érection d'un pavillon
impérial allemand aussi somptueux et aussi imposant avait été décidée simplement pour faire honneur à une Exposition que le Kaiser désirait inau-
gurer au côté du Président de la République française, pour témoigner de son ardente volonté de
maintenir la paix de l'Europe.

Malheureusement, les statistiques officielles des
années qui vont suivre l'Exposition démentent cet
optimisme béat, et prouvent qu'il n'était rien
moins que l'expression, naïve, de la sottise et de
l'ignorance, sinon de la duplicité, de ceux qui faisaient le métier de le professer publiquement et de
le propager.

## IV

### L'ÉLOQUENCE BRUTALE DES CHIFFRES

Les chiffres ont une éloquence brutale, mais
sincère; il faut les consulter pour savoir exactement où l'on en est. Une étude comparative de
nos exportations et de nos importations, pendant
la période décennale qui a suivi l'Exposition

universelle de 1900, soit de 1904 à 1913, fournira quelques indications précises, utiles à méditer.

Pendant cette période, l'Allemagne a fait progresser ses exportations de 6,644 millions à 12,600 millions; alors que la France les portait simplement de 4,451 millions à 6,875 millions.

En ce temps, les exportations d'objets fabriqués de France à l'étranger se sont élevées de 2,220 millions à 3,593 millions, par conséquent en progression d'un tiers ; mais les importations d'objets fabriqués ont doublé : de 832 millions, elles ont atteint 1,650 millions.

Si l'on analyse les chiffres comparatifs des importations et des exportations d'objets fabriqués au point de vue de la nature des marchandises, ce travail apporte la constatation douloureuse que l'augmentation des importations porte particulièrement sur les produits des Industries d'art.

Par exemple, dans l'Orfèvrerie et la Bijouterie, on voit presque quadrupler la quantité des marchandises envoyées en France : près de 73 millions au lieu de 20 millions ; dans les Ouvrages en peau et en cuir, elle a triplé : 39 millions au lieu de 13 millions ; dans la Carrosserie, elle a plus que triplé : 41 millions, au lieu de 11 ; la

Tabletterie supporte une augmentation de près de moitié, ainsi que la Verrerie et les Cristaux, le Papier, le Carton et les Gravures.

Nos exportations d'objets fabriqués par les Industries d'art sont restées, au cours de la même période, à peu près stationnaires, sauf pour les Modes et Fleurs artificielles qui ont baissé de plus d'un tiers : de 117 millions à 75 millions !

Si l'on examine spécialement les chiffres du commerce extérieur de la France avec l'Allemagne, ils ne sont point à notre avantage, dans les trois dernières années précédant la guerre. Les importations allemandes en objets fabriqués ont, de 1911 à 1913, augmenté de 100 millions, alors qué les exportations françaises n'ont progressé que de 50 millions. Et, à l'analyse de la nature des objets fabriqués en question, l'on remarque que cette progression des exportations françaises porte moins sur des produits des Industries d'art que sur des minerais, des produits chimiques et des matériaux divers, etc. De 1912 à 1914, l'Allemagne importe en France pour 19 millions d'impressions diverses. Sa production annuelle de librairie est de 36.000 volumes, alors que celle de la France n'est que de 9.000 !!

L'invasion allemande devenait de plus en plus intense. La statistique du mouvement de la population à Paris, pour l'année 1912, nous faisait savoir que le nombre des immigrés teutons était de 40.000. Et, dans ce chiffre n'était pas compris celui des Allemands venus en France pour un plus ou moins longtemps, comme touristes, voyageurs de commerce, employés et ouvriers d'occasion, saltimbanques, cheminots, romanichels, etc., dont le plus grand nombre constituaient les cadres et le personnel mobile de l'Organisation, qui enserrait la France, tout entière, dans un réseau immense d'espionnage militaire, industriel et commercial. On peut l'évaluer, sans crainte d'exagération, à plus d'un demi-million d'hommes et de femmes, qui circulaient sans cesse à travers notre pays, les yeux et les oreilles aux aguets de tout ce qui pouvait être utile et opportun pour le Gouvernement allemand à connaître de ce que nous faisions et nous projetions, de ce que nous pensions et disions, dans toutes les branches de l'activité nationale. Le monde de la galanterie plus ou moins dorée, libre ou patentée, se recrutait particulièrement au delà du Rhin, et rendait les mêmes services d'informations que le monde de la domesticité, de

même origine, féminine et masculine, professionnelle ou occasionnelle, volontaire ou salariée, de
tous degrés, depuis l'institutrice et la dame de
compagnie jusqu'au plongeur de vaisselle, et au
valet d'écurie, qui travaillaient dans les hôtels, les
restaurants, les pensionnats, les fermes, les
familles, etc. Et les commis de banque, les
employés de commerce, les comptables, qui ne
demandaient point d'appointements, sous le prétexte de compléter leur instruction technique et
de se perfectionner dans la langue française ! Et
les vagues journalistes correspondants de journaux étrangers, et les faux étudiants des deux
sexes de nos universités parisiennes et provinciales ! Et les fils de famille des deux hémisphères,
les rastaquouères, les métèques de tous poils, qui
sous le masque de fêtards, de sportifs et d'hommes
du monde désœuvrés, fréquentaient assidûment
les cercles, les champs de courses, les casinos,
les stations balnéaires et les plages à la mode, tous
faisant amples moissons de confidences, et d'in-
discrétions. Le don des langues, le cosmopoli-
tisme, et le goût de l'espionnage sont dans le sang
de la race teutonne, entretenus, encouragés, sub-
ventionnés aussi bien en haut qu'en bas dè

l'échelle sociale, par une tradition nationale immé-
moriale, par un patriotisme spécial surexcité jusqu'à la folie, et par une administration secrète,
richement dotée, assurant non seulement excuse
et absolution, mais récompense fructueuse, pour
des habitudes, des préoccupations et des actes,
que, partout ailleurs, réprouvent, blâment, et
condamnent, comme tares infamantes, l'opinion
publique, la morale sociale, l'éducation familiale,
et la loyauté individuelle.

Il n'a rien moins fallu que les révélations stu-
péfiantes de la guerre au point de vue des détails
et des particularités de sa préparation stratégique
dans nos provinces de l'Est et du Nord, que l'en-
combrement des camps de concentration, et les
innombrables mises sous séquestre des maisons et
des biens de nos ennemis, pour dessiller les yeux
aux Français, confiants, naïfs et insouciants, qui,
sans des preuves aussi évidentes et aussi multipliées, n'auraient jamais pu croire, spontanément,
à une pareille invasion, accomplie avec tant d'audace, d'astuce, de ténacité et d'imagination. Le
fameux cheval de Troie qui, dans l'antiquité, fit
grand honneur à l'esprit subtil et ingénieux
d'Ulysse, n'était qu'un jouet en comparaison des

inventions, horrifiques et mirifiques, de l'espionnage allemand, que les siècles futurs tiendront pour légendaires et apocalyptiques.

Paris était ainsi devenu un véritable Emporium allemand, soit une cité artistique, industrielle et commerciale, présentant la plus parfaite et la plus admirable Organisation qui se puisse imaginer.

L'espionnage dans les Industries d'art était porté aux plus hauts degrés à la fois du cynisme, de l'audace et de la flibusterie. Il y avait à Paris des hôtels, tenus par des allemands, qui étaient de véritables officines de cet espionnage, installées avec des ateliers photographiques munis des appareils les plus modernes. A certaines heures de la journée, des courtiers en marchandises apportaient dans ces officines, les modèles nouveaux qu'ils avaient pu obtenir en communication de la naïve confiance des grandes maisons artistiques, avec lesquelles ils étaient en relations ; et, en un clin d'œil, ces modèles étaient photographiés, grandeur nature, en relief, et sur toutes les faces. A d'autres heures, c'était un long va-et-vient d'employés subalternes des grands hôtels à la mode qui avaient pu enlever, pendant quelques heures, des pièces d'argenterie achetées récemment, et qui pouvaient présenter un grand intérêt comme spécimens des plus nouvelles créations de telle ou telle maison d'orfèvrerie parisienne, exécutées spécialement pour ces hôtels. A l'une de ces officines était annexé un bureau spécial de renseignements sur les dépôts de brevets au Conservatoire des Arts et Métiers, dirigé par un faux Suédois, qui s'était acquis, dans ce milieu d'espions, un renom particulier par son flair, par son astuce, et par sa mémoire impeccable. Voulait-on savoir, en vue de sa copie ou de sa contrefaçon, si telle pièce nouvelle avait été déposée, on venait se renseigner à ce bureau ; et le personnage en question ne se trompait jamais.

Des agents spéciaux étaient chargés de visiter avec le plus grand soin les Salons annuels, les Expositions de concours de fin d'année dans les Écoles d'art décoratifs ou d'art industriel de Paris, et d'y acheter les dessins et les modèles présentant quelque caractère de nouveauté.

On se demande souvent pourquoi l'Allemagne a fait la guerre actuelle pour assurer son hégémonie mondiale ? Ne lui aurait-il pas suffi d'attendre patiemment encore quelques années — point longtemps peut-être — pour réaliser parfaitement son rêve orgueilleux, par l'invasion universelle des produits de ses « kolossales » usines ; par l'immigration incessante dans tous les pays, même les plus lointains, de ses nationaux, destinés et empressés à lui servir d'incomparables agents d'expansion, d'influence et de propagande ; par l'organisation la plus formidable des moyens de convaincre toutes les nations de sa prééminence indiscutée dans tous les domaines de l'activité humaine ? L'univers entier, un jour relativement prochain, lui serait tombé naturellement dans les mains comme un fruit-mûr.

Très vraisemblablement, l'orgueil national et l'instinct de rapacité seuls lui ont fait commettre cette erreur de stratégie dans la réalisation finale de ses desseins. L'armée, sans doute, a voulu avoir sa part de butin et sa part de gloire. Peut-être bien aussi les gouvernants ont-ils eu la nette intuition que l'Allemagne, fatalement, par la logique invincible de ses évolutions sociales, politiques et économiques, en conformité avec les lois constantes de l'histoire, allait entrer dans une période de décadence. La Sozial démocratie et l'Internationalisme révolutionnaire montent à l'assaut de la société, attaquent avec violence tous les principes d'autorité et de liberté, tous les pouvoirs publics, l'Armée, la Religion et le Capital. L'Utilitarisme et le Matérialisme ont conquis toutes les branches de l'activité intellectuelle, et en ont chassé jusqu'aux apparences de désintéressement, d'idéalisme, et de foi, devenus des sentiments désuets. Les Universités se sont transformées en usines productives de docteurs en tous genres, qui ne rêvent plus que titres, honneurs, grades, fonctions, appointements, salaires, jetons de présence de conseils d'administration. Les Industries d'art se lancent à corps perdus dans la surproduction de mauvaise qualité, et à bas prix. L'Art et la Littérature se sont laissés pénétrer profondément par le Naturalisme et le Symbolisme étrangers, deux dissolvants énergiques de toute originalité, de toute vigueur et de toute beauté dans la pensée et dans la forme. La passion du luxe et la soif des jouissances matérielles ont envahi toutes les classes sociales. La puissance de natalité dont le peuple allemand se montrait si fier, en tant que témoignage irrécusable de sa virilité et de sa moralité, diminue. De 1900 à 1912, la proportion des naissances et de la population est tombée de 35 pour mille à 27 ; par conséquent l'Allemagne n'a mis que 12 ans pour arriver au point où il n'a pas moins fallu de 70 ans à la France. Le Gouvernement avoue, en 1915, qu'il est parvenu à la connaissance de la Police criminelle plus de 500.000 cas d'avortement. La mortalité infantile prend des proportions effroyables. « La conception que les enfants ne sont pas un bienfait pour la famille mais une charge se répand de plus en plus dans le peuple et dans la bourgeoisie[1]. »

Alors, une nouvelle Invasion a paru l'unique moyen de remédier à une situation générale, intérieure et extérieure, aussi inquiétante ; et la guerre a été déclarée par l'Allemagne et l'Autriche-Hongrie à la France, à l'Angleterre et à la Russie, dans l'espérance, sinon la certitude, de pouvoir, par une ruée gigantesque et rapide, écraser successivement les ennemis surpris sans préparation de défense.

---

1. Discours du ministre de l'Intérieur, du député baron Schenck de Sweimberg, et du chef de l'Office impérial d'hygiène à la Diète de Prusse, février 1916.

# CHAPITRE II

## *L'ORGANISATION DES INDUSTRIES D'ART EN ALLEMAGNE*

---

## I

### ORGANISATION MILITAIRE

Lorsque le Gouvernement allemand décida de déclarer à la France une Guerre industrielle et commerciale, l'Organisation militaire qui avait valu à l'Allemagne les victoires de 1870 parut l'Organisation idéale de la guerre nouvelle. D'ailleurs, ce parallélisme, si l'on parvenait à le rendre éclatant par une habile publicité, serait de nature à frapper vivement les imaginations par la perspective de résultats immenses, obtenus par les mêmes moyens et par les mêmes procédés. Il semble bien, en effet, qu'il y ait entre les deux guerres la plus complète analogie dans leur préparation, dans leur conduite, et dans leur aboutissement.

En 1871, l'Allemagne n'avait pas d'armées pour faire la Guerre artistique industrielle et commerciale. En vue de la formation de ces armées, elle crée partout, dans les grandes et les petites villes,

et jusque dans les villages, des centres de recrutement et d'instruction des soldats par ses innombrables écoles d'apprentissage, de dessin et d'art
pour les ouvriers et les artisans, et par la création
des « Kunstgewerbevereine », qui établiront entre
les soldats et les officiers des relations constantes
et intimes ; des nombreuses écoles professionnelles
pour former les sous-officiers ; des écoles techniques supérieures pour les officiers. Quant aux
arsenaux, ce seront les musées des Industries d'art,
dont on dotera chaque grande ville de l'Empire, et
qui répartiront les approvisionnements de munitions entre toutes les institutions d'instruction et
d'éducation artistiques et techniques.

Cette Organisation des armées artistiques, industrielles et commerciales de l'Allemagne pour la
guerre nouvelle était considérée comme un œuvre
national de si haute importance, qui devait être
fait avec une énergie et une ténacité si métho-
diques, et avec une si grande rapidité en même
temps, que le fondateur de l'Empire, le prince de
Bismark, prenait lui-même la direction du ministère
du Commerce chargé de le mener à bonne fin dans
le plus bref délai possible.

A cette époque, un député parisien hésitait à

accepter, dans une distribution de portefeuilles, le même ministère du Commerce comme étant un ministère inférieur, indigne d'un élu de la population de Ménilmontant ! Cette revendication justifie ce qu'écrivait un des historiens français du chancelier de fer que « le sens du réel était chez lui si « fort qu'il faisait taire instantanément tous les « préjugés de caste, toutes les vanités de race ».

Des publicistes allemands, surexcités par les idées belliqueuses ambiantes, ont poussé jusqu'au paradoxe aigu la ressemblance entre les deux guerres. Par exemple, dans un article publié, en 1915, dans la revue *Scientia*, sur le militarisme et la « Kultur », M. G. von Below cite avec admiration cette appréciation d'un économiste allemand : « L'esprit de discipline qui règne dans l'armée « allemande est le même auquel nous sommes « redevables de notre essor économique ; le sys- « tème militaire est une école pour nos ouvriers. »

Si l'on se borne à voir uniquement dans cette appréciation la constatation des heureux effets de l'exécution stricte d'une consigne, d'un mot d'ordre, pour atteindre sûrement un but fixé d'avance, en subordonnant les intérêts particuliers à l'intérêt général, qui, quoi qu'en disent des économistes,

n'est point du tout la somme des intérêts particuliers, et en lui consacrant tous les efforts, toutes
les peines, tout le labeur, l'appréciation est d'une
grande justesse. Mais, comme on le fait si souvent
chez nous, à l'exemple de beaucoup d'Allemands,
à qui ne déplaît ni le mot ni la chose, conclure de
cette constatation à l'introduction du caporalisme
allemand dans l'Organisation des Industries d'art
allemandes, c'est commettre une formidable erreur
de jugement, erreur extrêmement dangereuse pour
l'analyse exacte des causes et des effets d'une
situation fort grave pour notre pays ; c'est s'exposer fatalement à s'égarer dans la recherche et dans
l'application des moyens, pratiques et rapides,
d'y remédier.

## II

### LES BASES DE L'ORGANISATION

Pour démontrer péremptoirement qu'il n'est
point entré de caporalisme dans l'Organisation
des Industries d'art allemandes, il suffira, je le
pense, de prouver qu'elle est, tout au contraire,
basée sur les principes suivants, qui sont diamétralement opposés au caporalisme :

1° L'Association sous toutes ses formes, et avec tous ses développements ;

2° La Décentralisation complète ;

3° L'Autonomie absolue ;

4° L'Initiative la plus hardie, en même temps que la plus méthodique et la mieux raisonnée.

## III

### LE PRINCIPE DE L'ASSOCIATION

Le principe de l'Association a été le levier puissant de la Renaissance artistique, industrielle et commerciale de l'Allemagne ; et l'application de ce principe a été réalisée sous toutes les formes imaginables, les plus diverses, les plus originales, de façon à lui faire produire tous ses effets bienfaisants pour la plus grande prospérité et pour la plus grande gloire de l'Empire allemand.

L'utilité de l'Association en matière industrielle est si évidente pour les Allemands que la Loi, dans les divers états de l'Empire, en a imposé l'application. Les Corps de métiers ont l'obligation de se constituer en Chambres d'industries « Innungen », dont le but, les prérogatives et les moyens d'action sont ainsi définis législativement : maintenir l'esprit de solidarité et renforcer la dignité de la corporation parmi les membres de la chambre ; créer des relations étroites et prospères entre maîtres et compagnons ; assurer la formation technique, industrielle et morale de l'apprenti ; fonder, pour cela, tous établissements, entretenir les écoles spéciales, délivrer des diplômes d'instruction et d'éducation artistiques et industrielles ; régler tout ce qui concerne les contrats de travail, d'apprentissage ; aplanir tous les différends professionnels et corporatifs [1].

En matière d'Industries d'art, l'Association est organisée avec un esprit scientifique, c'est-à-dire avec méthode et précision, par des personnes qu'unissent fermement et intimement à la fois l'intérêt national, l'intérêt corporatif et l'intérêt personnel, qui savent ce qu'elles veulent et qui le veulent bien, et qui sont énergiquement décidées à employer tous les moyens pratiques pour atteindre

---

1. D'après des statistiques dressées, il y a quelques années, par le Musée social de Paris, on comptait en Prusse 10.950 Innungen avec 456.000 membres ; et ces Innungen étaient fédérés en 43 associations centrales, unifiant les programmes, les méthodes et les moyens d'action et de propagande !

le but, nettement défini, publiquement affirmé, qu'elles se sont unanimement proposé. Elle se fait remarquer par un esprit presque farouche d'autonomie ; elle ne demande à l'État, aux Pouvoirs publics, ni patronage, ni encouragement, ni subvention ; et l'État ne se préoccupe jamais de les leur imposer. Elle tient avant tout à garder son indépendance complète d'organisation, d'action et de propagande, afin qu'aucune influence extérieure ne puisse la faire dévier de son idéal, ou la faire servir à des intérêts politiques ou gouvernementaux.

Qu'elle soit strictement corporative et professionnelle, qu'elle réunisse des industries diverses, mais ayant quelques intérêts communs, qu'elle soit locale, régionale ou nationale, l'Association présente toujours le caractère le plus expressif d'une utilité pratique, en vue de rendre constamment des services positifs, dont la constatation permanente et l'évidence indiscutable retiennent les adhérents, en font augmenter le nombre, et encouragent tous les associés, par intérêt autant que par amour-propre, à faire plus et mieux encore. Et, ainsi, l'Association est toujours génératrice d'une vie intense, d'une activité puissante, et d'une fécondité inépuisable.

Une des particularités les plus caractéristiques
de l'Association en matière d'Industries d'art est
l'idéal de s'élever constamment au-dessus des intérêts de classes en groupant non seulement des
patrons mais des ouvriers, non seulement des
industriels mais des commerçants, non seulement
des artistes mais des employés, de façon à faire
disparaître entre eux tout ferment d'antagonisme,
de discorde et de jalousie, et à développer au
maximum de rendement social les sentiments de
solidarité, de confiance, et de dévouement mutuels.

Par cette organisation de l'Association, ce qu'on
dénomme arbitrairement l'aristocratie industrielle
et commerciale fraye de pair à compagnon avec le
soi-disant prolétariat ouvrier, l'art avec l'industrie,
le métier le plus haut classé avec le métier le plus
ordinaire. C'est donc bien faire pénétrer partout une
sorte de fraternité sociale dans la communauté
d'idéals et d'intérêts.

En 1888, étant en mission officielle à Hambourg
pour l'étude des Industries d'art de cette ville,
j'assistais, sur l'invitation de son président, à la
célébration du deuxième anniversaire de la fondation
du « Kunstgewerbeverein », qui comptait déjà
plus de 300 membres, dont le nombre plus tard

s'est décuplé. Le comité avait organisé dans une
des plus vastes tonhalles de la ville une grande
fête avec banquet, concert et représentation théâ-
trale. Tous les artistes qui se firent entendre étaient
des sociétaires : des chefs de grandes maisons d'armement, d'industrie et de commerce, des contre-
maîtres d'ateliers et d'usines, de simples artisans
et ouvriers. La bouffonnerie musicale d'Offenbach,
*les Deux aveugles*, fut jouée par un riche méca-
nicien constructeur et par un sculpteur sur bois ;
et une opérette à la mode, *le Mikado*, par une
troupe de professeurs, de commis de magasin et
de jeunes dessinateurs. La soirée se termina par
un impromptu fort divertissant, avec accessoires,
multiples et variés, sur les récentes fouilles archéologiques du professeur Karabacek en Égypte. Deux
employés de chemins de fer —, des sociétaires fort
bien déguisés —, apportèrent dans la salle une
immense caisse que le savant égyptologue adressait à la société, en sa qualité de membre archi-
honoraire, comme primeur de ses plus importantes
trouvailles ; la caisse fut magistralement déclouée
par le président du Sénat de Hambourg, et le président du banquet donna lecture, avec des com-
mentaires très spirituels, du mémoire qui accom-

pagnait l'envoi. Il y avait là entre autres merveilles imprévues : le grand collier de l'ordre royal d'Égypte accordé à Joseph pour avoir sauvé le front auguste du Pharaon d'un appendice désobligeant, en laissant son manteau aux mains de M^me Putiphar ; une larme du dernier crocodile sacré, enfermée religieusement dans le globe de verre du dernier chef des savetiers de la reine ; le télescope gigantesque au moyen duquel Cléopâtre guettait, du haut du phare d'Alexandrie, la galère qui lui amenait Antoine, ensorcelé par ses charmes capiteux, etc., etc.

Les sociétés des Industries d'art — comme toutes les autres d'ailleurs — se fédèrent régionalement ou nationalement, à la suite de la préoccupation instante de faire obstacle le plus possible à l'esprit de clocher, au particularisme local. Par exemple, en Bavière, les « Bayerische Kunstgewerbevereine » groupaient, vers 1900, 59 sociétés, écoles et musées, dont le nombre total d'adhérents atteignait le chiffre de 20.000 ; en Prusse, les « Deutsche Kunstgewerbevereine », 22 sociétés comptant dans l'ensemble 12.000 membres ; l'Union centrale polytechnique de Warsbourg, 56, et la Société centrale des arts industriels de Darmstadt,

33. Ces fédérations ont pour but de mettre en commun les richesses des musées et des bibliothèques créés par les sociétés syndiquées ; d'organiser des congrès régionaux, des expositions et des conférences artistiques et industrielles ambulantes, qui coïncident avec les foires, avec les fêtes patronales ; de publier des journaux, des revues, des tracts, des almanachs de propagande ; de faire des enquêtes sur la situation des Industries d'art.

En Allemagne, l'application du principe de l'Association dans les Industries d'art ne se borne point, en effet, à la réunion périodique, plus ou moins fréquente, des membres d'une corporation ou de groupements de sociétés, en vue de discuter de leurs intérêts professionnels ; elle a abouti à des créations permanentes qui, en raison de leur importance, étaient restées jusque là l'œuvre spéciale de l'État ou des municipalités : les musées et les écoles. L'Association s'est arrogé, hardiment et courageusement, ce domaine de l'enseignement, pour pouvoir l'exploiter selon ses desseins particuliers, et d'une manière intensive, afin de lui faire produire le plus de fruits.

Aussi, la plupart des écoles allemandes pour les Industries d'art, même les plus importantes, et les plus renommées, ont été fondées par des sociétés, et sont leur propriété.

## IV

### LE PRINCIPE DE L'AUTONOMIE

Les sociétés corporatives des Industries d'art administrent et dirigent en toute Autonomie les écoles créées pour ces industries ; ni l'État, ni les municipalités ne s'ingèrent dans cette direction non plus que dans cette administration, même s'ils accordent des subventions à ces écoles. Quant aux institutions d'enseignement qui sont propriété de l'État ou des municipalités, elles sont toujours placées sous la direction administrative, artistique et technique, de comités spéciaux, composés en majorité de délégués officiels des associations d'artistes, d'industriels, de commerçants de la ville ou de la région.

Ce principe de l'Autonomie en matière d'enseignement pour les Industries d'art — ainsi que pour toutes les autres industries — a été consacré par des lois de l'Empire ou des États. Par exemple, dans la loi, en date du 26 juillet 1897, sur les Corporations, les Unions de corporations, et les Chambres de petites industries de l'Empire, on lit l'article suivant :

« Les Corporations doivent aussi porter leur
« activité sur d'autres intérêts communs à leur
« industrie : 1° Développement industriel, tech-
« nique et moral des maîtres, compagnons et
« apprentis, *et pour cela subventionner* et *provo-*
« *quer la création d'écoles dont elles réglemente-*
« *ront le fonctionnement.* »

Par suite de l'application de ce principe de l'Autonomie dans l'enseignement pour les Industries d'art, on ne trouve en Allemagne aucune de ces institutions hybrides, hétéroclites, incohérentes et anarchiques, — comme la France en est empoisonnée —, où l'on ne fait ni des artistes, ni des ouvriers, mais bien des déclassés, des ignorants et des fruits secs, incapables de gagner leur vie honnêtement. Toutes les écoles sont de véritables écoles professionnelles, spéciales et pratiques, dont les directeurs et les professeurs n'ont d'autre mission et d'autre ambition que de fournir aux ateliers et aux usines les artistes et les ouvriers d'art dont ils ont besoin, et dans lesquelles, en conséquence, les artistes et les ouvriers d'art reçoivent dans le moins de temps possible, — car leur temps est considéré comme infiniment précieux —, les notions d'art qui leur sont nécessaires pour rendre leur métier plus parfait et plus rémunérateur. On laisse aux académies et aux écoles d'art la charge et la responsabilité de la culture artistique générale, uniquement réservée à ceux qui veulent devenir des peintres, des sculpteurs, des professeurs, des amateurs, etc.

En 1912, le chef de la division de l'Enseignement artistique au ministère des Beaux-Arts et un inspecteur général de cet enseignement, qui avaient pris part à un Congrès international de l'Enseignement des Arts à Dresde, écrivaient, à ce propos, dans leur rapport de mission : « Toutes « les écoles allemandes sont remarquables par la « qualité de leur personnel enseignant, d'une « compétence parfaite, en contact constant avec « les industriels par l'entremise de puissants « syndicats qui ne ménagent aux établissements « d'enseignement ni leur appui moral, ni leur « concours matériel. La réalisation pratique dans « la matière est le but unanime suivi. De plus, « les professeurs là-bas ne sont pas recrutés « comme chez nous sur la production de diplômes « qui accusent leur compétence théorique ; ils

« sont formés dans des écoles normales où l'en-
« seignement pratique prend la première place. »


### V

LES PRINCIPES DE LA DÉCENTRALISATION ET DE
L'INITIATIVE CORPORATIVE ET PRIVÉE

Le principe de l'Autonomie corporative ou privée
implique le principe de la Décentralisation ; l'un
ne peut aller sans l'autre. L'affirmation officielle
et publique de la préexcellence et de la bienfaisance de la Décentralisation en matière d'Art et
d'Industries d'art, se rencontre constamment dans
les documents émanant de l'État. Ainsi, on peut
lire ceci dans le catalogue officiel de la section
allemande à l'Exposition universelle de 1900 :
« Tandis que, pendant des années, Berlin et
« Munich donnaient le ton avec leurs écoles plus
« ou moins académiques, nous voyons aujourd'hui
« paraître sur le champ de bataille Dresde, Ham-
« bourg, Carlsruhe, Darmstadt, etc. Des protec-
« teurs princiers ou quelques groupes d'artistes
« indépendants peuvent y exercer une influence
« déterminante. De même un enseignement public

« propage la culture artistique jusque dans les
« villes moyennes des provinces. »

Dans l'autre partie de l'organisme d'enseignement et de propagande pour les Industries d'art,
le Musée, une démonstration du développement de
l'application du principe de la Décentralisation
n'est pas moins aisée que dans l'École.

Au sommet des institutions de ce genre est le
Musée impérial des Arts décoratifs de Berlin.
D'après sa charte de fondation, toutes les collections du musée doivent être mises à la disposition
de tous les musées et de toutes les écoles d'art,
sur la simple demande des municipalités, des
chambres de commerce et des associations recon-
nues par l'État.

Au-dessous, l'on trouve les musées des États
particuliers. Les règlements de ces musées contiennent les mêmes dispositions et prescriptions.

Puis viennent les musées régionaux des fédérations de « Kunstgewerbevereine », ou de ces associations mêmes, qui prêtent aux musées municipaux,
aux musées de sociétés locales, toutes les œuvres
et tous les documents d'études qu'ils possèdent ;
et que ceux-ci, par le moyen de services particuliers fort bien organisés, ont le droit de mettre

directement entre les mains des chefs d'ateliers, des artistes et des ouvriers, à domicile, dans l'usine ou dans l'atelier.

Ce n'est point tout encore : ces musées régionaux sont chargés d'organiser périodiquement dans tous les centres industriels, et même jusque dans les villages, des expositions et des conférences artistiques, d'envoyer des missionnaires permanents qui se mettent en rapport avec les patrons et avec les ouvriers pour les diriger dans leurs travaux, dans leurs recherches et dans leurs essais, pour leur soumettre des projets que produisent spécialement à leur intention des dessinateurs attachés aux musées, pour les tenir au courant de tout ce qui se fait à l'étranger dans leurs spécialités, en leur présentant des échantillons en originaux ou en dessins. Tous les membres des associations ont le droit d'envoyer aux musées des plans, des dessins et des projets pour les faire examiner par des commissions spéciales, qui les retournent ensuite avec les corrections, les observations et les conseils qui pourront les perfectionner.

C'est ainsi que le « Centralgewerbevereine » de Dusseldorf, fondateur d'une école et d'un musée pour les Industries d'art des Pays Rhénans et de

Westphalie, a transformé des régions où régnait
la plus profonde misère en centres industriels flo-
rissants. Dès le lendemain de sa fondation, il
envoie à Néroth, Wallenbourg et Steinbach des
missionnaires d'art pour instruire techniquement
et artistiquement les menuisiers, les chaisiers et
les quincailliers qui ont perdu les notions les plus
élémentaires de leur métier ; il reconstitue l'industrie des broderies d'or, d'argent et de cuivre de
Gérolstein, en plaçant à la tête des ateliers rus-
tiques, en pleine décadence, des jeunes filles formées dans de grandes fabriques ; il restaure, en y
faisant immigrer de bons ouvriers, les faïenceries
et les poteries de grès, jadis célèbres, de Raéren et
de Benrath ; il crée à Gladbach des industries
nouvelles de serrurerie artistique et de cuivrerie
d'ameublement.

En résumé, la Décentralisation est tenue en
Allemagne pour un des meilleurs moyens d'assurer aux Industries d'art les conditions les plus favorables de développement et de prospérité : maintien, sinon restauration ou création, de ces industries dans des villes peu populeuses et dans les
campagnes, où la main-d'œuvre est abondante et
peu coûteuse, où des institutions, locales ou régio-

nales, permanentes, sinon régulièrement ambulantes, apportent en quelque sorte à domicile l'instruction artistique et technique, des modèles de perfection et de bon goût, ainsi que l'outillage commercial permettant d'être constamment au courant de tout ce qui se fait ailleurs de mieux et de plus à la mode.

Dans le catalogue de la section allemande à l'Exposition universelle de 1900, qui est bien vraiment le document officiel le plus représentatif de la mentalité allemande dans les questions des Industries d'art, se trouve l'affirmation la plus nette de la puissance et de la fécondité de l'initiative corporative et de l'initiative privée en Allemagne :

« Les Unions représentant les intérêts de métier
« et de profession ont pris, selon les exigences de
« la vie sociale et économique, de nouvelles formes
« d'une organisation originale. Ici, encore, en
« dehors des Unions et organisations créées par
« l'État, il est né de l'initiative privée d'innom-
« brables associations dont le développement pro-
« gressif, en opposition avec la manière de voir
« au début du xixe siècle (l'unique intervention de
« l'État ou des princes), prédisant pour le tour-
« nant du xxe siècle une société désagrégée, per-

4

« met de reconnaître déjà certaines lignes géné-
« rales d'après lesquelles la société se reconstituera
« à l'avenir sous forme de groupements. »

## VI

### PRÉOCCUPATIONS ET AMBITION D'UN ART NATIONAL ET D'UNE PRODUCTION SUPÉRIEURE

La préoccupation et l'ambition d'un Art national et d'une production artistique supérieure, en
rapport avec la gloire et la puissance de l'Empire
germanique, avec les idées et les mœurs d'une
bourgeoisie riche, avec les aspirations et les besoins
d'une civilisation nouvelle, se manifestent dans les
milieux artistiques, et dans les régions officielles,
avec une netteté et une précision remarquables. Il
y a quelques années, lorsque l'empereur vit les
galeries du Musée impérial de peinture à Berlin
envahies tout à coup par les productions hétéroclites et bizarres des écoles nouvelles à la mode —
le néo-impressionnisme, le naturisme, le futurisme,
et l'Art nouveau, — il révoqua purement et simplement le directeur M. Tschudi, à qui était due
cette invasion ; et, à cette occasion, il manifesta
publiquement et hautement son désir de voir les

artistes allemands continuer les grandes traditions de l'Art germanique.

Le chapitre consacré aux Beaux-arts dans le catalogue de la section allemande à l'Exposition universelle de 1900 contient cette déclaration expressive :

« Voici les conditions nouvelles qui ont pré-
« sidé à la production de la seconde moitié du
« XIXᵉ siècle : des académies, c'est-à-dire des écoles
« d'art sans contact avec la vie, et se trouvant en
« général dans des villes peu développées au point
« de vue économique, et rarement dans les centres
« de vie nationale ; des unions artistiques qui pro-
« tégeaient le genre moyen et inférieur de l'art ;
« des expositions dont le nombre et l'étendue
« augmentaient sans cesse, qui attirèrent la pro-
« duction des peuples voisins et firent de l'Alle-
« magne un grand marché d'art international, et
« enfin un commerce d'art très influent, sans rap-
« ports directs entre le public et l'artiste. »

Et, à la suite de l'observation de nombreux témoignages de l'influence de l'étranger sur l'Art germanique, pour son plus grand préjudice, vient la conclusion formelle de l'urgence d'un retour déci- sif au nationalisme et à la décentralisation dans l'art :

« Ainsi, le développement artistique du siècle
« nouveau, le xxᵉ siècle, offrira le spectacle d'un
« combat entre les forces attirant vers la capitale
« et celles qui s'éveillent partout dans les vieux
« centres des tribus. Malgré le nombre considé-
« rable des circonstances qui ont arrêté et dé-
« tourné les efforts, quand on fera le compte des
« grands artistes contemporains, l'art de l'Alle-
« magne pourra lever la tête avec fierté à côté de
« l'art français et de l'art anglais. »

On ne saurait méconnaître ni contester que l'Allemagne a mis constamment dans tout ce qu'elle
a entrepris et réalisé un haut idéal national, qui ne
manque point d'envergure, et par lequel, malgré
une physionomie peu avenante, même souvent
répulsive, d'orgueil insensé, de barbare brutalité,
et d'impudence monstrueuse, elle a réussi à entraîner dans son sillage, autant par hypnose que par
terreur, une partie de l'univers. L'art, la littérature, l'industrie, la science et le commerce, tout
en restant des moyens de s'enrichir, sont plus
encore des moyens de dominer, de faire rayonner
et resplendir sur le monde la puissance et la gloire
de l'Allemagne. A force de faire répéter par son
empereur, par ses ministres, par ses hommes

d'État, par ses ambassadeurs, par ses journaux, par ses commis voyageurs, et par ses innombrables agents extérieurs, que le peuple allemand est le premier de tous les peuples, que l'empereur germanique est le premier des souverains du monde, que « l'Allemagne est décidée à avancer la pre- « mière de toutes les nations dans la voie du pro- « grès, des lumières du christianisme pratique, qui « en sera une bénédiction pour l'humanité et un « objet d'admiration pour tous les pays [1] », l'Allemagne est arrivée à s'en convaincre elle-même, et à le faire accroire aux autres. Elle a su merveilleusement appliquer ce conseil de la sagesse et de l'expérience : « Il faut avoir soi-même, et savoir donner aux autres, l'opinion qu'on désire que le monde ait de nous. »

Nous commettons une erreur, très grande et très dangereuse, en considérant la production des Industries d'art allemandes exclusivement comme de la camelote, comme une marchandise de qualité très inférieure, fabriquée en vue du bon marché et pour l'exportation, celle sur laquelle la Loi anglaise a

1. Discours de l'empereur Guillaume II aux armateurs de Hambourg, en 1905.

fait apposer, comme une façon de marque infamante, le fameux « Made in Germany ». Cette appréciation généralisée n'est point exacte. Quand il s'agit de travailler à l'intention des classes riches, de conquérir un marché important, et de s'y maintenir contre la concurrence étrangère, les Allemands savent fort bien donner à la production de leurs Industries d'art un grand cachet d'élégance, de bon goût, et même d'originalité. L'Exposition universelle de 1900 en a fourni des preuves nombreuses, que, dans notre loyauté habituelle, nous n'avons pas hésité à constater publiquement. Ce serait imiter l'autruche qui se cache la tête derrière une pierre pour fuir le danger dont elle est menacée, que de persister dans ce préjugé de l'éternelle camelote allemande. Quand leur intérêt et leur amour-propre sont en question, les industriels d'art de l'Allemagne sont parfaitement en mesure de produire de véritables œuvres artistiques, pouvant, parfois, supporter la comparaison avec celles des Industries d'art de n'importe quel pays.

# CHAPITRE III

## LES CAUSES DE LA CRISE DES INDUSTRIES D'ART FRANÇAISES

---

### I

#### ORIGINE DE LA CRISE

Les causes de la crise des Industries d'art français sont multiples et diverses ; mais, dans leur ensemble, elles se résument toutes en une cause initiale et primordiale : contrairement à ce qui s'est passé en Allemagne, de 1876 à 1882, pour l'organisation de ses industries, aucune volonté suprême n'a imposé un programme d'action générale, inspiré par une idée patriotique souveraine.

Au lendemain de nos désastres militaires de 1870, les luttes politiques pour la conquête du pouvoir absorbaient toutes les ambitions, toutes les énergies et toutes les activités des gouvernements successifs ; et la reconstitution de l'armée française était le devoir patriotique qui primait tout. D'ailleurs, pendant cette période, la prospé-

rité économique de la France fut extraordinaire.
Sevré de nos produits artistiques et industriels
pendant la Guerre et pendant la Commune, le
monde entier, dès la conclusion de la paix et la
répression de l'insurrection, s'empressa de faire à
nos usines et à nos ateliers des commandes qu'ils
pouvaient à peine exécuter tant elles étaient considérables. Le succès prodigieux de l'Exposition
universelle de 1878, improvisée, affirma, d'une
façon éclatante, la renaissance superbe de notre
pays.

Mais, tout à coup, au lendemain même de cette
exposition, se manifestent des symptômes d'une
crise économique. Le rendement des impôts flé-
chit ; les recettes des chemins de fer baissent ; le
commerce général subit une dépression de près
d'un demi-milliard.

Alors, le Gouvernement fait voter par le Parlement la constitution de deux grandes commissions
extraparlementaires d'enquête, l'une sur « les Conditions du travail à Paris », l'autre sur « la Situation des Industries d'art en France ». Devant la
première, déposèrent 67 délégués de chambres syndicales, de groupements corporatifs et d'associations ouvrières de production. La seconde enten-

dit les doléances, les réclamations et les observations, motivées surabondamment, de 154 chefs
d'Industries d'art, artistes industriels, et directeurs
d'écoles artistiques. Les travaux de ces commissions donnèrent naissance à de volumineux rapports. Le rapport de la commission sur les Conditions du travail à Paris, rédigé par M. Spuller,
concluait à la nécessité de l'organisation de l'enseignement technique et professionnel par l'État
et par le Parlement ! Le rapport de la commission
sur la Situation des Industries d'art en France,
rédigé par M. Antonin Proust, d'une désespérante
banalité, ne concluait à rien du tout. L'écrivain
n'était plus ministre des Arts, et avait l'intuition
qu'il ne le deviendrait plus jamais. Suivant les
usages parlementaires, on en resta là ; les rapports
allèrent s'enfouir au plus profond des rayons des
bibliothèques publiques et des caisers des bou-
quinistes des quais de la Seine. Tout ce beau
zèle de réformes s'était évanoui en écritures et
discours inutiles et illusoires [1].

---

1. Membre de la seconde commission, je publiais, en
1881, une brochure sous le titre : *Nos industries d'art en
péril*, où étaient réunies les plus typiques et intéres-
santes dépositions.

Cependant, la crise continuait de s'aggraver ; le Gouvernement et le Parlement ne manifestaient publiquement aucune intention d'y remédier : ils attendaient patiemment les résultats d'une entreprise du ministère de l'Instruction publique et des Beaux-Arts, commencée en 1879, et dont on se promettait les plus extraordinaires résultats pour la régénération et le développement des Industries d'art françaises.

## II

### UN CONCILE INVENTE UN ENSEIGNEMENT ARTISTIQUE OFFICIEL ET INFAILLIBLE

L'histoire des Industries d'art présente parfois de singulières antithèses. En 1863, le Gouvernement impérial nommait une commission pour faire une enquête sur l'enseignement artistique et professionnel ; cette commission, composée de hauts fonctionnaires et de représentants des grandes industries, engagea le Gouvernement à ne pas chercher à organiser lui-même cet enseignement, mais bien à encourager simplement par des subventions l'initiative municipale, l'initiative corporative et l'initiative privée. Et c'est ce qui fut fait. Ainsi, sous le Second Empire, autoritaire et despotique, le Gouvernement n'osait pas toucher à la liberté de l'enseignement artistique et professionnel! La République, régime de liberté et de démocratie, par essence, s'emparera peu après de cet organisme social, comme une arme, particulièrement puissante, de règne et de domination!!

La mainmise de l'État sur cet enseignement — comme sur tous les autres, — après avoir passé par les phases successives de l'hésitation, de la douceur, de l'insinuation, de la persuasion, etc., en est arrivée aujourd'hui à l'établissement d'un véritable dogme républicain : la tutelle absolue, irréductible et intransigeante. Il y a trois ans, un sous-secrétaire d'État des Beaux-Arts, présidant la distribution des récompenses du Salon de la Société des artistes français, le proclamait publiquement, avec toute la franchise et la netteté désirables :

« Laisser aux associations (artistiques) toute la
« direction de l'art et du goût, ce serait un déplo-
« rable abus de syndicalisme, alors surtout que la
« multiplicité prodigieuse des œuvres, des idées et
« des tendances rend les contestations plus vives
« et la fonction de juge plus redoutable et plus

« difficile. Il faut un pouvoir arbitral et je me per-
« mets de vous dire que ce pouvoir c'est l'État qui
« peut et qui doit l'exercer. Il y trouvera la justi-
« fication la plus haute de l'office de tutelle qu'il
« remplit auprès des artistes. »

On va voir comment l'État, depuis un quart de
siècle, a rempli cet « office de tutelle ».

Le lendemain de l'Exposition universelle de
1878, on s'était avisé, dans l'administration des
Beaux-Arts, de remarquer que l'enseignement
artistique n'existait pas. Ce n'était point exact :
dans tous les grands centres industriels, il y avait
des écoles, souvent centenaires, mais très simples,
très modestes, qui avaient continué à enseigner les
artistes et les ouvriers à la façon des maîtrises de
jadis, un peu empiriquement, mais d'une manière
pratique et efficace. La situation parut déplorable
à tous les points de vue, surtout à celui des intérêts de l'administration. Cette administration ne
comptait qu'un personnel très restreint, qui suf-
fisait parfaitement au travail de deux bureaux, et
n'avait pas le moindre état-major de secrétaires,
d'attachés, etc., etc. Çe n'était point convenable
pour le futur ministère des Arts, qui était en projet dores et déjà, et qui bientôt allait être inséré

dans le fameux Grand ministère Gambetta. Alors, on décida de créer un organisme de l'enseignement officiel du dessin, comprenant un personnel considérable de chefs et sous-chefs de bureaux, d'inspecteurs généraux, régionaux et départementaux, et de professeurs diplômés. Le 1er janvier 1879, en façon d'étrennes aux contribuables, le ministre nommait dix-sept inspecteurs de l'enseignement du dessin ! Comme ils n'avaient rien à inspecter — enseignement, méthodes, programmes et bâtiments n'existant pas encore, — on les chargea de faire dans tous les départements une enquête... sur la nécessité de leur fonction nouvelle. Ils s'en acquittèrent à merveille : jamais réforme ne fut présentée plus éloquemment comme nécessaire, indispensable et urgente.

Pendant ce temps, le ministère avait réuni un concile artistique, au chiffre symbolique de douze membres — les douze apôtres ! — chargé d'établir la doctrine officielle et d'en proclamer l'infaillibilité. Originalité transcendante : parmi ces douze membres ne figurait aucun industriel d'art ; mais l'Institut y était représenté par des délégués des diverses académies !

Deux doctrines se trouvèrent en présence, doctrines contradictoires, que défendaient deux personnages notoires : un philosophe, archéologue, savant commentateur d'Aristote, esprit original et hardi puisque, toute sa vie, il rêva de mettre des bras à la Vénus de Milo, et des feuilles de vigne aux Antiques du Louvre, M. Ravaisson-Mollien; et un sculpteur, professeur d'esthétique au Collège de France, membre de l'Académie française, ancien directeur des Beaux-Arts, etc., etc., M. Guillaume.

M. Ravaisson était le champion de la doctrine de la suprématie du sentiment dans l'art, et de la méthode intuitive d'enseignement d'après les chefs-d'œuvre classiques. M. Guillaume défendait la doctrine adverse : la suprématie de la raison et de la méthode basée sur la géométrie. S'appuyant sur l'*Émile* de J.-J. Rousseau, il déclarait que « l'éducation artistique de l'homme du monde, de l'artiste et de l'ouvrier est identique, et doit être commune à tous ». C'était le dogme de l'égalité sociale; ce qui ne pouvait déplaire aux gouvernants du jour : M. Guillaume était un fin diplomate. Aussi son adversaire eut-il beau révéler que la méthode géométrique était, à la Renaissance, qualifiée « une méthode d'équarissage », et que, dans l'antiquité, Cicéron, Pline, Quintilien et Virgile l'avaient déjà condamnée, comme une preuve d'ignorance ou de maladresse. Le concile donna raison contre le philosophe au sculpteur, dont on adopta la doctrine et la méthode. L'enseignement officiel de l'art était créé.

Ensuite, pour éviter toute éventualité de retour offensif de l'hérésie, l'administration décidait d'imposer à toutes les écoles de France la doctrine officielle sous peine d'excommunication majeure, soit la privation des crédits votés par le Parlement, soit l'interdiction préfectorale d'ouvrir toute école publique dissidente. Et le corps des dix-huit inspecteurs fut chargé de veiller avec vigilance à l'observation rigoureuse des programmes et des règlements administratifs.

Si cet enseignement artistique nouveau, dont aucune expérience préalable n'avait prouvé la valeur, et qui n'était fondé, comme principe, que sur un paradoxe social, avait été réservé aux institutions destinées à fournir aux jeunes gens de l'aristocratie, de la bourgeoisie et des classes libérales, une teinte des premières notions d'art, à apprendre à laver proprement une aquarelle, à malaxer sans trop de gâchis de la terre glaise, à faire avec quelque aisance des croquis plus ou

moins spirituels, il n'y aurait eu que demi-mal à
le décréter ainsi officiel et obligatoire ; mais l'imposer dans les écoles auxquelles les artistes et les
ouvriers des Industries d'art viennent demander
les moyens expéditifs de gagner leur vie et d'amé-
liorer leur état, en se perfectionnant dans la pratique de leur métier, était une faute inexcusable,
impardonnable. Et, l'on n'allait pas attendre longtemps à s'en apercevoir.

Alors, la méthode et les programmes de l'enseignement artistique trouvés, l'État se mit en quête
des institutions où ils pourraient être appliqués
immédiatement. C'était finir par où l'on aurait dû
commencer ; mais, en cette question, l'illogisme et la
fantaisie la plus débridée n'ont cessé de régner en
souverains maîtres. Aucun principe de fondement,
aucune idée d'ensemble ne préside à ce recrutement ;
tout est organisé ou plutôt réorganisé de bric et de
broc, au petit bonheur des circonstances. On offre à
des municipalités, qui ont déjà des écoles d'art, de
les prendre à la charge de l'État, à condition d'accepter en même temps que l'État en ait l'exclusive
direction. Ce seront les Écoles nationales des arts
décoratifs ou des arts industriels, que le qualifica-
tif seul différenciera des autres écoles, soit régio-

nales, soit municipales, — car un certain nombre de municipalités ont tenu à garder une autonomie relative, très relative, car elle est toute d'apparence. — On pourrait croire, par exemple, que l'École nationale des arts décoratifs de Paris est une école supérieure dans le genre de l'École nationale des Beaux-Arts, de l'École centrale, de l'Ecole polytechnique; nullement, elle est même inférieure, comme enseignement, à beaucoup d'écoles provinciales de même but, et constitue une pure et simple concurrence aux écoles de ce genre créées par la. Ville de Paris.

Tantôt une de ces écoles nationales est, comme à Aubusson, une école d'apprentissage; tantôt, comme à Limoges, une réunion de cours d'arts d'agrément pour jeunes filles, alors qu'à Roubaix on en fait un véritable Institut de technologie de l'industrie des tissus, avec des ateliers de filature, de peignage, de tissage, des laboratoires de teinture, des cours de machines à vapeur, de chauffage, etc., constituant un enseignement professionnel complet, que les céramistes limousins n'ont jamais pu obtenir pour leur importante industrie, et qu'on ne saurait non plus, d'ailleurs, trouver à Lyon, la grande métropole de la soierie française.

5

# III

Deux ans après la proclamation de l'infaillibilité de l'enseignement artistique officiel, les déposants à l'enquête sur la Situation des Industries d'art en France déclarent unanimement que la principale cause de la crise de ces industries est l'infériorité évidente de l'enseignement artistique officiel.

Vers ce même temps, des missions furent envoyées en Allemagne pour vérifier ce qu'on disait des institutions diverses de ce pays, — écoles, musées, associations — qui auraient transformé ses Industries d'art. Toutes ces missions en confirmèrent l'organisation remarquable. Un écrivain d'art, d'une compétence indiscutée en cette matière, M. Henry Havard, actuellement inspecteur général des Beaux-Arts, publiait, en 1887, dans le *Siècle*, un article où on lit les réflexions suivantes : « Avec une sollicitude qu'on ne saurait « trop louer, depuis 1882, le ministre de l'Instruc- « tion publique et des Beaux-Arts n'a pas envoyé « moins de cinq missions pour étudier sur place

« les progrès réalisés par nos concurrents.
« MM. O. Rayet, Saglio, Frédéric Montargis sé
« sont, sur son ordre, transportés en Allemagne,
« et M. Marius Vachon, à deux reprises différentes,
« a visité pour le compte de l'État, l'Italie, l'Au-
« triche, la Hongrie, la Russie, Berlin, et la Prusse
« Rhénane. De très instructifs rapports ont été la
« conséquence naturelle de ces missions répétées.
« Faut-il ajouter que les rédacteurs de ces rap-
« ports, quoiqu'ils se soient trouvés placés, par la
« force même des choses, à des points de vue très
« différents, ont abouti, partout et toujours, à des
« constatations identiques. Nos voisins marchent,
« nos concurrents progressent, et nous, nous ne
« bougeons pas !

« Franchement, après ce quadruple cri d'alarme,
« nous croyions que des résolutions importantes
« allaient être prises, qu'on allait achever de nous
« doter de ces institutions qui produisent au delà
« de nos frontières des féconds résultats. *Point*.
« Les rapports de MM. Saglio, Rayet, et Montar-
« gis n'ont été suivis d'aucun effet. Plus heureux,
« M. Marius Vachon, appelé par un grand nombre
« de Chambres de commerce, a parcouru la Pro-
« vince. Un public nombreux s'est pressé à ses

« brillantes conférences, où, après avoir démontré
« le péril grandissant, il indiquait le remède à
« suivre. Limoges, Grenoble, Lyon, Saint-Étienne,
« Saint-Quentin [1] ont applaudi à sa chaleureuse
« parole, et réclamé l'application de réformes
« fécondes. *Mais le Gouvernement n'a rien fait !*
« Si le Gouvernement, absorbé par d'autres préoc-
« cupations, néglige ce devoir qui s'impose cepen-
« dant à ses soins, que l'initiative privée le rem-
« place... La lutte industrielle qui se prépare peut
« avoir pour nous des conséquences terribles :
« C'est la lutte pour la vie ».

L'Exposition universelle de 1889 allait fournir à
l'administration des Beaux-Arts l'occasion de faire
décerner par ses hauts fonctionnaires — à la fois
juges et parties — les plus grands éloges à l'enseignement artistique officiel, dans les rapports des
Jurys internationaux, éloges qui devaient se tra-
duire pratiquement par une distribution générale de
décorations et d'avancements dans la hiérarchie.

Sept ans après, une nouvelle enquête officielle,
faite en France, en 1896-1897, dont j'eus l'honneur

---

1. Roubaix, Rouen, Elbeuf, Nantes, Tours, Reims, et
Valenciennes, ensuite.

d'être chargé, révéla une aggravation de la situation de nos Industries d'art, par suite de la décadence, de plus en plus accentuée, de l'enseignement artistique officiel. Municipalités, Chambres de commerce, Chambres syndicales et Associations corporatives, Bourses du travail, et industriels éminents, de tous les centres d'art, avaient multiplié, en les motivant avec énergie, leurs doléances, protestations, et réclamations, précises, énergiques, et parfois très violentes, sur l'insuffisance des institutions chargées de cet enseignement.

L'administration s'empressa de dénier le caractère officiel au rapport de cette enquête, en déclarant publiquement que son auteur s'était montré trop pessimiste dans ses appréciations. Vainement, les municipalités de Saint-Etienne, du Puy, de Lille, de Roubaix, de Nancy, de Tours, de Bordeaux, de Nantes et de Toulouse, les Chambres de commerce de Reims, de Tourcoing et de Saint-Etienne, les Chambres syndicales des principales Industries d'art de Lyon, de Calais, de Limoges, de Lille, de Besançon, de Saint-Etienne, du Puy, de Bordeaux, d'Angers, et de Vierzon, qui avaient été mises en cause, déclarèrent par des lettres officielles, rendues publiques et communiquées aux membres de la Chambre des députés, que le missionnaire du ministère des Beaux-arts avait été l'interprète fidèle de leurs dépositions à l'enquête, et qu'il était même parfois resté au-dessous de la vérité, son rapport ayant été expurgé et édulcoré par l'administration, comme l'avait été déjà, en 1883, le volume des dépositions de la commission d'enquête sur la Situation des Industries d'art ; l'administration ne tint aucun compte de cette enquête ; et, pour l'annuler définitivement, en fit faire une nouvelle, l'année suivante par..... ses inspecteurs officiels !!!

Pour démontrer l'importance et l'extension du mouvement d'opinion publique qui se fit en ce temps, en vue de la reconstitution de l'enseignement artistique sur des bases nouvelles, il convient de reproduire la délibération que prenait, en 1898, la grande Association de l'Industrie et de l'Agriculture françaises, dans son assemblée générale, présidée par M. Méline, alors président du Conseil des ministres :

« Votre assemblée générale de 1895 s'est déjà « émue de cette question si importante dans un « pays comme le nôtre, où le goût et l'invention

« artistique entrent pour une part considérable
« dans la valeur d'un grand nombre de produits.

« Les craintes que vous exprimiez, relativement
« à une certaine stagnation dans les progrès de ce
« goût et de cette faculté d'invention ; les vœux
« que vous avez formulés, quant à la nécessité d'é-
« tudier les origines et les motifs de cette situation
« et d'en combattre les effets, nécessité d'autant
« plus impérieuse que les nations étrangères,
« s'inspirant de nos idées et s'instruisant à notre
« école, parviennent à lutter contre nous sur ce
« terrain, demeuré pendant si longtemps notre
« domaine incontesté, ne sont pas demeurés sans
« écho.

« Conformément à votre pensée, on a recherché
« si l'état de l'enseignement industriel en France
« répondait bien, sur le point spécial qui nous
« occupe, au but que l'on doit se proposer. Un
« publiciste de talent, M. Marius Vachon, a reçu
« mission du Gouvernement d'examiner, dans les
« diverses parties de la France, si cet enseigne-
« ment était bien tel qu'il le fallait pour préparer
« l'éclosion de ces générations d'artistes modeste-
« ment cantonnés dans les spécialités propres à
« leur région et qu'on a vues si souvent y produire

« des chefs-d'œuvre d'originalité et de perfection.

« M. Marius Vachon a constaté que, sur un
« grand nombre de points, les établissements où
« devrait être donné l'enseignement artistique font
« défaut, et il a constaté que, dans les cas où ils
« existent, l'enseignement artistique y manque du
« caractère local et spécial qui serait nécessaire.
« Placés sous la direction immédiate de l'admi-
« nistration centrale, ces établissements se res-
« sentent fâcheusement de l'unité de vue qui les
« inspire. Ce sont, si l'on veut, au point de vue
« artistique, autant d'écoles des Beaux-Arts, où
« les leçons des professeurs ont, sans doute, beau-
« coup d'élévation, mais sont inspirées plus qu'il
« ne faudrait et trop exclusivement par la con-
« ception de l'art pris dans le sens le plus géné-
« ral. Il en résulte qu'elles préparent des candi-
« dats à l'Ecole des Beaux-Arts de la capitale, plu-
« tôt qu'elles ne dirigent les jeunes gens vers les
« applications que comportent les industries régio-
« nales.

« Il faut donc modifier la tendance trop géné-
« rale de cet enseignement. Il faut que les indus-
« triels locaux aient une place plus large dans la
« direction des écoles ; il faut que cette direction

« soit davantage spécialisée. C'est là un exemple
« de très précise et excellente décentralisation.

« Nous inspirant des conclusions dont M. Marius
« Vachon a fait suivre d'importantes publications,
« dont nous vous avons fait connaître des frag-
« ments, et des communications verbales qu'il a
« faites à votre comité, nous vous proposons le
« vœu suivant :

« L'Association de l'Industrie et de l'Agricul-
« ture françaises,

Emet le vœu :

« Que nos Industries d'art soient toutes pour-
« vues d'un organisme spécial d'enseignement ar-
« tistique ;

« Que les chefs d'industrie soient appelés à
« exercer une influence beaucoup plus considérable
« sur la direction des établissements chargés de
« donner cet enseignement, de telle façon que leur
« organisation, leurs règlements et leurs pro-
« grammes répondent, avec précision et constam-
« ment, aux conditions économiques et aux besoins
« techniques des Industries d'art. »

Ce vœu, aussi net que formel, eut le même sort
que les plaintes des déposants de l'enquête de
1896-1897.

L'administration allait prendre une revanche éclatante à l'Exposition universelle de 1900. Tous les fonctionnaires de l'enseignement artistique officiel, conformément au précédent de l'Exposition universelle de 1889, furent nommés commandeurs, officiers ou chevaliers de la Légion d'honneur ! N'était-ce pas la preuve que tout continuait à être pour le mieux dans le meilleur des enseignements officiels [1] ?

## IV

### UN NOUVEAU CONCILE INVENTE UN NOUVEL ENSEIGNEMENT, NON MOINS OFFICIEL ET INFAILLIBLE

M. Guillaume, l'inventeur de la méthode d'enseignement artistique officiel meurt. Sa succession est ouverte publiquement, succession d'honneurs, de dignités et d'influences !

---

1. Cet enseignement était pourtant tombé si bas qu'à la veille de l'exposition, l'administration des Beaux-Arts jugea prudent de faire une sorte de répétition de la section des travaux des écoles d'art officielles ou placées sous son contrôle ; et cette répétition fut si lamentable qu'on agita la question de la supprimer, et qu'on prit le parti de l'organiser exclusivement au moyen d'éléments exécutés d'après un programme et un type imposés à tous les exposants !!!

Aussitôt, commence une campagne de conférences, de discours, de meetings, d'articles de revues et de journaux pour amener l'administration des Beaux-Arts à réorganiser de fond en comble le service de l'enseignement qu'il a créé. Dans un manifeste public, le promoteur de cette campagne écrit :

« *Les méthodes d'enseignement sont mauvaises ;*
« *les expositions de dessins des écoles officielles ne*
« *sont pas encourageantes ; les industriels qui*
« *prennent les jeunes gens au sortir des écoles pro-*
« *fessionnelles estiment que leur savoir est très*
« *faible. Certains attribuent même à cette cause la*
« *décadence de nos produits dans un domaine où*
« *jadis nous passions pour supérieurs.*

« *Si les méthodes sont à réformer, la préparation*
« *des maîtres et leur situation dans l'Instruction*
« *publique ne méritent pas moins de grandes amé-*
« *liorations.* »

Comment en un plomb vil l'or pur s'est-il changé ?

Aussitôt le ministre des Beaux-Arts s'empresse de nommer une commission spéciale — commission de fonctionnaires et de membres de l'Institut (Académie des Beaux-Arts et Académie des Inscriptions et Belles-Lettres), tout comme celle de 1879 — qui sera chargée de fonder une nouvelle doctrine esthétique, et de composer une nouvelle méthode d'enseignement artistique officiel. Ce concile nouveau tient de nombreuses séances où des esthéticiens, des artistes, des archéologues, — tous plus « éminents » les uns que les autres, — échangent des discours, des théories et des thèses, parfois d'une façon fort vive. Et, dans la dernière, à la suite d'un compromis galant, il s'arrête à cette formule dogmatique :

« A la théorie d'un enseignement *abstrait*, uni-
« forme et impersonnel, il est nécessaire et oppor-
« tun de substituer un enseignement *concret*, at-
« trayant et vivant, favorisant au contraire la cul-
« ture de la personnalité. »

« Abstrait » contre « concret » ! nous voilà en pleine Byzance ! Quand Mohammed II assiégeait Constantinople, on discutait, dans les cénacles, des attributs de la Divinité ; et les moines se regardaient le nombril, espérant y voir jaillir une lumière surnaturelle, incréée, identique à celle qui s'était manifestée sur le Thabor !

M. Ravaisson venait d'avoir sa revanche de la défaite de 1879 ; à son tour, M. Guillaume avait touché des deux épaules ! En conséquence, le concile élabora un programme nouveau, qui avait pour buts essentiels : de « faire étudier désormais « la nature dans la variété de ses formes et de ses « couleurs », de « pénétrer tous les autres enseignements », et de « s'incorporer dans l'œuvre « totale de l'éducation ». Ce dernier paragraphe était mis là, aimablement, pour consoler les mânes de M. Guillaume, et réjouir de nouveau celles de J.-J. Rousseau par une fidélité aussi religieuse à la sociologie artistique de l'*Émile*.

Ainsi, pendant 36 ans, l'Etat a été le grand patron de l'enseignement artistique *abstrait*; il se propose d'être celui de l'enseignement artistique *concret*, probablement pendant le même temps. Nos Industries d'art s'en porteront-elles mieux ? Hippocrate dit : oui; Gallien dit non, à moins que ce ne soit l'inverse ; peu importe.

Il en vient à la mémoire un piquant, autant que symbolique, épisode de l'histoire de Joseph II, roi des Deux-Siciles, surnommé par ses sujets irrévérencieux : le roi Bomba. Pendant la Campagne des Mille, désespéré de voir ses soldats fuir toujours devant les Garibaldiens, le roi manda son ministre de la guerre, et lui dit : « Général, changez l'uni-

forme de mes troupes, elles se battront mieux. —
Sire, répondit le ministre, je crains que Votre
Majesté ne s'illusionne. Vous pouvez les habiller
de bleu, de rose ou de vert, elles f... toujours le
camp. »

N'était-ce pas aux premiers résultats de cet
enseignement nouveau que faisait allusion, dores
et déjà, en 1913, du haut de la tribune de la
Chambre des députés, M. Aynard, représentant la
Ville de Lyon, lorsqu'il s'écriait avec indignation,
en présence du sous-secrétaire d'Etat des Beaux-
Arts : « L'enseignement du dessin en France
« est, à l'heure actuelle, véritablement barbare ! »
L'année précédente, le rapporteur du budget des
Beaux-Arts, à la Chambre des députés, s'était
exprimé, en ces termes fort vifs, sur cet enseignement : « L'art décoratif n'existe plus en France,
« et son enseignement même est en train de s'en
« aller : voilà le fait ! » En 1914, un autre rapporteur déclarait, avec non moins de netteté, la
faillite de cet enseignement. « Ce qu'il faudrait en
« réalité, écrivait-il, c'est reprendre sur un plan
« tout nouveau l'enseignement des arts décoratifs
« en France. Actuellement, il n'y a pas de plan
« d'ensemble, et c'est le vice essentiel de notre
« système ».

## V

### DES RAPPORTS DE L'ÉTAT AVEC LES INDUSTRIES D'ART

A la cruelle apostrophe de M. Aynard, le sous-secrétaire d'Etat des Beaux-Arts se contenta de répondre dolemment, en levant les bras au ciel : « L'Etat ne peut pas tout ; c'est aux individus, aux collectivités de l'aider ». Cet aveu, plein d'humilité et de contrition, était un peu tardif ; mais sa sincérité est démentie par toute l'histoire des relations entre l'Etat, les patrons et les ouvriers des Industries d'art. Depuis la création de l'enseignement artistique officiel, l'Etat s'est constamment préoccupé, et cela par tous les moyens possibles, les moins louables souvent, de tenir à l'écart « les individus et les collectivités », tout en ayant l'air de réclamer, avec une louable insistance, leur aide et leur concours.

Ainsi, pour dissimuler sa mainmise sur toutes les institutions créées pour le développement des Industries d'art, pour leur donner l'illusion d'une certaine autonomie dans l'application de l'enseignement artistique officiel, l'Etat avait constitué des comités et des conseils d'administration et de perfectionnement. Or les membres de ces comités et conseils sont choisis par le préfet ou sous-préfet, et presque toujours parmi des fonctionnaires et des individualités sans mandat de ces industries. Les attributions de ces comités et conseils, purement illusoires d'ailleurs, ne comportent ni autorité ni responsabilité ; ils n'ont à donner que de simples avis, dont l'Etat ne tient compte que dans la mesure de leur correspondance à ses idées et à ses vues.

Les enquêtes ont révélé, à ce propos des rapports entre l'Etat et les représentants officiels de ces industries, des faits stupéfiants, inouïs, invraisemblables. En voici quelques-uns entre cent, entre mille :

En 1898, à la suite de la dernière de ces enquêtes, où avait été signalée la situation déplorable faite, dans un des centres industriels les plus importants, Calais, à la grande industrie des tulles et des dentelles, par l'absence de tout enseignement artistique sérieux, l'Etat ouvrit des négociations avec la municipalite pour réorganiser l'Ecole d'art décoratif tombée en pleine déconfiture ; ces négociations — qui échouèrent — furent poussées jusqu'à la préparation d'une convention. Or, la

Chambre syndicale des fabricants de tulles et dentelles avait été tenue systématiquement à l'écart de cette réorganisation, et d'une façon si outrageante pour elle qu'elle en adressa au ministère des Beaux-Arts une vive protestation publique, qui resta, naturellement, sans réponse.

A Limoges, la métropole de la Céramique française, lors de l'enquête de 1896-1897, la Chambre syndicale de la porcelaine, comprenant tous les fabricants, avait offert officiellement son concours financier pour la réorganisation de l'Ecole nationale des arts décoratifs et de son Musée de céramique, qu'elle déclarait n'être pas en mesure de rendre à l'industrie les services promis par l'Etat, lors de sa nationalisation ; alors qu'auparavant cette même école, administrée par les industriels eux-mêmes, leur était extrêmement utile. Le document contenant cette offre généreuse fut, par ordre, supprimé du rapport de l'enquête. Il en résulta un conflit qui a duré jusqu'en 1914. L'administration avait continué à faire diriger cette école par un fonctionnaire de Paris ! A la date de 1912, la Chambre syndicale renouvelait sa proposition de 1896, en disant à l'Etat, dans une lettre publique : « Donnez-nous un directeur nanti d'une réelle au-

6

« torité sur les professeurs ; donnez-nous des pro-
« fesseurs capables, sachant se faire écouter des
« élèves, en même temps que les instruire; et nous
« promettons de notre côté d'aider le plus large-
« ment possible au relèvement de l'école par des
« sacrifices pécuniaires. » Cette nouvelle proposition eut le même sort que la première. Un parlementaire très influent protégeait cet étrange directeur, et ainsi l'avait rendu « tabou ».

Un jour, sous le sous-secrétariat d'État des
Beaux-Arts de M. Dujardin-Beaumetz, l'État vou-
lant paraître donner satisfaction aux réclamations
incessantes des chefs des Industries d'art, ima-
ginait de constituer un Conseil supérieur des Arts
décoratifs, dans le genre du Conseil supérieur des
Beaux-Arts, du Conseil supérieur de l'Instruction
publique, et du Conseil supérieur de l'Enseignement technique. L'idée, certes, n'était pas mauvaise. Suivant le nombre et la compétence des
personnes qui seraient appelées à en faire partie,
sur la désignation des chambres syndicales et des
associations de ces industries, et par le mode de
l'élection, comme cela se pratique pour le Conseil
supérieur de l'Instruction politique, sa réalisation
pouvait donner des résultats appréciables. Or, pour

le recrutement de ce conseil nouveau, un employé fut chargé de copier purement et simplement le Bottin de Paris aux rubriques de l'orfèvrerie, de la céramique, de l'ameublement, etc. ; et ce Conseil supérieur des arts décoratifs se trouva constituer, par le nombre, un véritable parlement ! C'était une galéjade du méridional député de Limours ! « Ah ! vous en voulez des représentants « des Industries d'art rue de Valois, pour rédiger « les programmes et les règlements de l'enseigne- « ment artistique ; on va vous en donner ! » Mais, ce conseil n'a jamais été réuni ! A la réflexion, l'État a eu peur de quelque nouveau Serment du Jeu de Paume !

## VI

### COMMENT LES ÉCOLES POUR LES INDUSTRIES D'ART SE TROUVENT DE LA TUTELLE DE L'ÉTAT

Le régime de la centralisation administrative, qui est le principe de l'organisation de l'enseignement artistique officiel, a amené forcément à ne mettre à la tête des institutions, chargées de le distribuer, que des fonctionnaires, n'ayant ni l'autorité qui s'impose, ni la responsabilité qui provoque

à l'action, qui donne l'esprit d'initiative, et déve-
loppe l'énergie, la décision ; et dont l'intérêt personnel est de ne rien entreprendre, de ne rien
innover, de trouver, au contraire, que tout va fort
bien, en raison de la stricte observation des règlements et des programmes. Aussi, n'est-il pas
besoin d'avoir, pour remplir les fonctions de directeurs et d'administrateurs, des artistes éminents,
des hommes de tempérament et de caractère, qui
poseraient comme première condition d'accepta-
tion d'avoir toute autorité et toute responsabilité,
qui réclameraient des appointements leur permettant de tenir leur rang, et de ne pas être vis-à-vis
des chefs d'Industries d'art, avec lesquels ils
doivent avoir de constants et presque intimes
apports, en un état d'infériorité sociale tel que ces
rapports ne puissent exister.

Invité en 1898, par la municipalité de Rouen,
qui avait entrepris de réorganiser son École des
Beaux-Arts, à la suite de la publication du rapport de l'enquête de 1896-1897, à une conférence
sur les voies et moyens de réaliser ce projet dans
les meilleures conditions possibles, je suggérai
l'idée de mettre à la tête de l'institution nouvelle
un artiste, de la valeur de Walter Crane, le grand

peintre ornemaniste, que les industriels de Manchester — la métropole anglaise du coton — avaient appelé à la direction de l'école d'art de cette ville pour la porter aux plus hauts sommets de l'enseignement artistique. Cette idée fut fort goûtée ; et la municipalité décida de chercher immédiatement l'artiste qui pourrait rendre à la métropole française du coton les mêmes services, en l'attirant à Rouen par la situation faite à Walter Crane à Manchester. Informé du projet, l'administration des Beaux-Arts envoya en toute hâte à Rouen l'inspecteur régional de l'enseignement du dessin pour empêcher sa réalisation : « Si vous voulez augmenter « vos dépenses et avoir un directeur tel qu'on vous « le conseille, dit-il au maire, je n'y mets pas « d'opposition, ce sera certainement décoratif ; « mais à mon avis ce rouage coûteux aura peu « d'influence sur les résultats futurs. » Cet inspecteur plaidait en vue d'une éventualité : on ne voit guère, en effet, quelque pauvre diable d'architecte sans clientèle, de peintre sans amateur, inspectant dans son école un Walter Crane ! Sous la pression de l'administration, qui imposa un directeur de son choix — un jeune artiste qui venait de quitter les bancs de l'École nationale des

Arts décoratifs de Paris — la municipalité dut renoncer à son ambition de faire de l'École des Beaux-Arts de Rouen une rivale de l'École des Beaux-Arts de Manchester.

Vers le même temps, le même incident se produisit à Nantes, dans les mêmes circonstances et conditions. L'administration des Beaux-Arts informa la municipalité que le Gouvernement ne donnerait pas son approbation au projet de budget de l'École des Beaux-Arts reconstituée par elle sur les mêmes bases d'un personnel professoral restreint, mais très convenablement appointé, et d'une direction confiée à un artiste éminent [1].

Pourtant qui, hormis les fonctionnaires de l'État, pourrait contester sérieusement que des écoles, créées pour fournir aux Industries d'art les artistes et les ouvriers dont elles ont besoin, ne peuvent vivre et prospérer sans remplir la condition d'être

---

[1]. Quelques chiffres permettront de juger de la situation de ces directeurs et professeurs : à Angers, en 1897, le directeur de l'école, professeur d'architecture, de perspective et d'histoire de l'art, touchait annuellement 2.000 fr. ; à Nantes, le directeur et professeur de dessin 1.500 fr ; à Lille, le directeur, vrai maître Jacques, tour à tour comptable, professeur d'architecture, d'arithmétique et de géométrie 1.500 fr. ; à Nancy, le professeur de composition décorative 800 fr. ! ! !

en relations constantes et intimes avec ces industries, d'en connaître avec précision la situation au jour le jour. Comme tout organisme vivant, l'école doit avoir une vie interne active et une vie externe intense, c'est-à-dire, pour employer, avec à propos, une expression physiologique, une vie de nutrition, de sensibilité et d'impulsion. En ce temps de progrès industriels incessants, et d'évolutions artistiques fréquentes, l'école, si elle ne se transforme, vieillit aussi vite que l'atelier. De même que l'atelier doit renouveler souvent son outillage et ses procédés de production, l'école doit renouveler ses méthodes et ses programmes d'enseignement. Or, il tombe sous le sens commun que ce ne sont pas des fonctionnaires lointains, ayant pour consigne administrative de ne pas faire de zèle, de ne pas créer des affaires à leurs chefs, qui peuvent être à même d'assurer cette vie intense à un enseignement hiérarchisé, où rien ne peut se faire sans une formidable et incessante paperasserie, sans en référer à une kyrielle de fonctionnaires à mentalité timides et réfractaire, à toutes innovations originales et hardies.

La centralisation administrative de l'enseignement artistique officiel pour les Industries d'art a

un autre effet d'ordre social, d'une extrême gra-
vité : celui de tenir à l'écart de ces questions si
importantes des personnalités et des collectivités,
qui en deviennent indifférentes, sinon hostiles ;
alors que la collaboration des unes et des autres,
d'une part, fortifierait puissamment les institutions
créées pour cet enseignement, et, de l'autre, y intro-
duirait le principe de l'Association, qui partout fait
défaut.

Il en résulte aussi la continuation de la propagation d'un préjugé singulier : à savoir que l'art
n'est que du pur luxe et du superflu. La théorie
esthétique qu'on peut, qu'on doit, mettre de l'art
en tout, qu'un objet usuel, même en matière vul-
gaire, peut en contenir autant, sinon souvent plus,
qu'un tableau, qu'une statue, etc., n'a pénétré que
dans la littérature ; elle fait encore sourire et
hausser les épaules dans les sphères de l'élite
sociale, qui n'a guère qu'un vernis mondain d'éducation artistique. Dans le monde industriel, et
plus même dans le monde ouvrier, on en est
encore à avoir une très grande défiance, pour
ne pas dire quelque dédain, à l'égard du terme,
sinon de la chose. J'ai toujours le souvenir piquant
d'une réflexion qui me fut faite par le président

de la Chambre de commerce de Saint-Étienne, un ingénieur éminent, directeur des grandes usines de Saint-Chamond et d'Homécourt, M. de Montgolfier, ancien ministre du 16 Mai, lorsque je lui parlais, un jour, de la création projetée à Saint-Étienne d'un Musée d'art et d'industrie pour la rubannerie et l'armurerie : « Supprimez dans le « titre de votre musée le mot Art, me dit-il, en « souriant, vous aurez quelque chance de réussir. »

Lorsqu'en 1896 je commençais à Marseille mon enquête sur la situation des Industries d'art, ma première visite fut pour le président de la Chambre de commerce. Je lui exposais le but de ma mission, et le priais de vouloir bien me donner ses conseils et me fournir les renseignements nécessaires pour la mener sûrement à bonne fin. « Désirez-vous visiter des raffineries, des huileries, « des minoteries, me dit-il, nous nous empresse- « rons de vous en fournir tous les moyens ; nous « mettrons à votre disposition de nombreux rap- « ports, statistiques, monographies, etc., pour « vous faire, sur le compte des progrès considé- « rables réalisés depuis quelques années, une opi- « nion bien documentée. Mais, vous guider dans « des recherches d'Industries d'art marseillaises,

« nous avons le vif regret de ne pouvoir le faire,
« pour la bonne raison qu'il n'en existe pas. » Or,
mon enquête à Marseille dura deux semaines. Je
fus reçu, en conférences, par deux syndicats
d'Industries d'art, je visitai des ateliers de céramique, de bronzes d'art, de bijouterie, de ferronnerie, de menuiserie d'art, et quatre institutions
d'enseignement artistique ; et mon rapport contient
vingt pages de texte relatif à cette ville !

## VII

### UNE LETTRE ÉMOUVANTE DE GALLÉ

Enfin, voici ce que m'écrivait, en 1898, sur
l'enseignement artistique officiel, un grand artiste
industriel, le rénovateur génial de la Verrerie et
du Meuble d'art, Émile Gallé :

« Votre étude sur l'école de Nancy est fort
« clairvoyante, elle concorde singulièrement — et
« logiquement d'ailleurs — avec les errements
« identiques constatés par vous à Toulouse, à
« Nantes, à Bordeaux, Lyon, etc. Partout même
« enseignement académique, tarissant les ateliers
« d'art de toute la jeune sève, sève locale, pour la
« stériliser sur les kilomètres de cimaise des salons

« de peinture ! On a honte de répéter ces choses-
« là, puisque la plainte, la lamentation générale,
« est vaine, l'obstination des dirigeants étant
« la plus forte. Vous signalez bien quelques
« renaissances individuelles dues à des initiatives
« privées. Ah ! quels résultats ces efforts épars
« n'eussent-ils pas donnés s'ils se fussent produits
« dans des pays où la direction est intelligente,
« patriotiquement ardente au progrès pratique !
« Quels résultats nos pénibles travaux sans
« ouvriers, sans collaborateurs, sans recrutement,
« dans des milieux dotés de ces laboratoires
« d'enseignement appliqué au métier : les écoles
« d'art décoratif allemandes, belges, scandinaves,
« anglaises, suisses, américaines, etc ! ! Quels
« résultats au milieu d'une population qui n'au-
« rait pas l'horreur de l'atelier et la révérence de
« la bureaucratie, où l'ouvrier intelligent ne ferait
« pas défaut à l'atelier d'art, où le jeune homme
« ayant un peu de génie naturel ne serait pas
« sottement détourné des métiers paternels, et
« par qui ? par les maîtres des écoles d'art ! et
« lancé par une civilisation imbécile dans ce Paris
« qui dévore nos bourses de voyage, et ne nous
« restitue jamais rien, si ce n'est des êtres vidés
« de moëlle, de cœur et d'âme !

« Mais le temps me manque ; il faut que je
« m'ingénie à remplacer les bras qui font défaut,
« et me multiplie à mort ! Il faudrait des pages !
« Et à quoi bon ? Vous les avez écrites mieux,
« et avec une calme douleur.

« Il faudrait entreprendre d'un bout à l'autre
« du pays, comme Ruskin, une campagne de
« conférences [1]. Serait-elle plus pratique que les
« écrits ? oui, en Angleterre ! Chez nous, coups
« d'épée dans l'eau !

«... Il me reste à vous féliciter d'avoir accepté
« cette tâche ingrate, de l'avoir menée au mieux
« possible comme enquête, sinon encore aux
« résultats que vous souhaitez. Moi, je suis sans
« grand espoir de voir jamais les Pouvoirs publics,
« en France, donner des subventions là où celles-
« ci pourraient rapporter gloire et profit au pays.
« C'est ainsi. »

---

1. Au lendemain de l'Exposition universelle de 1900,
j'ai entrepris cette campagne rêvée par Émile Gallé, dans
tous les grands centres industriels de France, en Belgique et en Suisse : 40 conférences ont été faites. Le
ministère du Commerce et de l'Industrie seul alloua
une subvention pour donner spécialement des conférences
dans les Bourses du Travail ; ainsi que le Gouvernement
général de l'Algérie, pour organiser une tournée dans les
principales villes de la colonie, en même temps que pour
faire une enquête sur les Industries d'art indigènes, dont
le rapport a été publié officiellement en 1903.

## VIII

### L'ENSEIGNEMENT ARTISTIQUE DANS LES UNIVERSITÉS ET DANS LES ŒUVRES POST-SCOLAIRES

En s'arrogeant le monopole de l'enseignement artistique, en contrecarrant, par les puissants moyens en son pouvoir, toutes les initiatives municipales, corporatives et privées, qui ont paru toucher à ce monopole, l'État a maintenu cet enseignement dans la situation la plus pitoyable, qui, en même temps quelle est pour notre pays un déshonneur, constitue pour sa prospérité un danger permanent, de plus en plus sérieux, en considération de la situation inverse dans tous les autres pays, et particulièrement en Allemagne.

Nos universités enseignent uniquement l'histoire de l'art et l'esthétique pour former des professeurs ; cet enseignement ne pénètre point dans la masse des élèves qui les fréquentent. Or, voici ce qu'écrivait, il y a quelques années, M. Frédéric Montargis, à propos de l'enseignement de l'art dans les universités allemandes :

« Aux étudiants en quelque sorte profession-
« nels pour qui l'esthétique constitue plus ou
« moins ce qu'on appelle là-bas le « brod stu-

« dium », c'est-à-dire un métier (gagne-pain), il
« faut joindre ceux, encore nombreux, quoiqu'on
« dise, qui n'obéissent qu'au désir de s'instruire,
« et d'acquérir des notions exactes et précises sur
« des sujets dont tout le monde parle ». Le but de
« cet enseignement de l'esthétique est de rehaus-
« ser l'art dans l'esprit du public et de le faire
« bénéficier de l'estime qui entoure la science
« dans tous les pays... ; de former un public, un
« élément dont aucun art ne saurait se passer.
« De quoi serviraient tous les sacrifices (faits
« pour l'instruction artistique des ouvriers) si
« l'artiste et l'artisan ne trouvent devant eux —
« à part quelques exceptions en nombre infinité-
« simal — qu'une multitude ignorante, incapable
« d'apprécier leurs mérites et leurs œuvres. »

Dans les universités anglaises, l'enseignement
de l'art a reçu un développement qui n'est pas
moindre. Non seulement le dessin avec ses applications diverses, mais l'histoire et la philosophie
de l'art et des industries artistiques tiennent une
place importante dans les programmes et les
examens [1].

---

1. Rapport de mission pour l'étude des Industries
artistiques en Angleterre, par M. Marius Vachon. Imprimerie nationale, 1888 (*passim*).

Dans nos lycées et nos collèges, l'enseignement de l'art est réduit au minimum des notions élémentaires et superficielles. Faut-il donc s'étonner qu'en France il n'y ait guère qu'une demi-douzaine de journaux et de revues d'art et d'Industries d'art, dont les tirages sont des plus restreints, et que la librairie artistique soit dans un marasme chronique, alors qu'en Allemagne, en Angleterre et aux États-Unis, les publications de ce genre sont très nombreuses, d'un luxe de gravures et d'impressions prodigieux, et présentent la situation la plus florissante ?

Quant à l'éducation artistique populaire, le fait suivant donnera une idée de l'incurie et de l'indifférence générales pour le développement du goût dans le peuple. Un rapport officiel sur les Œuvres d'éducation post-scolaires, pour l'exercice 1899-1900, signalait que le nombre de cours avait été de 40.000 ! suivis par 438.000 personnes ! Or, ce rapport, occupant au *Journal officiel* 46 colonnes, ne fait pas mention, même incidente, d'une seule institution d'éducation artistique, sous une forme quelconque, à l'exception de la Société populaire des Beaux-Arts de Paris, qui est une simple tontine d'amateurs pour acheter des tableaux aux salons annuels, et publier des gravures qui sont distribuées entre ses membres !

Je viens de consulter ce même rapport pour l'exercice 1913-1914 : la situation ne paraît pas s'être modifiée ; le mot Art n'y figure pas une fois !

L'unique œuvre parisienne connue qui ait réussi à réaliser un programme sérieux et pratique est « l'Art pour tous », groupe d'éducation artistique populaire, dont le chiffre d'adhérents est d'environ 1.200.

N'est-il pas douloureux de constater qu'à Paris même, non plus que dans aucun des grands centres industriels de la province, il n'existe pas de ces institutions, si nombreuses, créées à l'étranger pour faire pénétrer dans la petite bourgeoisie et dans la classe ouvrière les notions d'art élémentaires, et, par le spectacle des œuvres artistiques dans tous les domaines de la production industrielle, les initier au bon goût? Or, il n'y a pas là seulement une question de moralité et d'hygiène publiques, mais une question essentiellement économique, de la plus haute importance. Depuis des années, le projet de la création des Musées du soir a fait couler des torrents d'encre et de salive oratoire ; il est toujours à l'état de rêve ! Les universités populaires, dont le programme était attrayant, mais le principe vicié jusqu'au plus profond par le virus socialiste, se meurent d'anémie ! Nous n'avons rien pour arracher la foule aux lieux dits de plaisirs populaires, aux caboulots, aux cafés-concerts, aux cinémas, aux bastringues, aux bals de barrière, etc., où les ouvriers des grands centres de nos Industries d'art viennent perdre leur argent, leur intelligence, leur goût, souvent leur santé et leur raison !

En Allemagne, les associations d'Industries d'art offrent à leurs adhérents des musées du soir, des expositions, des conférences, et des concerts.

Pendant les belles saisons, les vacances et les dimanches, elles organisent des excursions familiales collectives pour visiter, à frais réduits, des régions pittoresques, des villes artistiques, et des centres industriels. Ces excursions amènent les femmes et les jeunes filles à s'intéresser à ces questions d'art et d'industrie, auxquelles, chez nous, elles restent, hélas ! trop indifférentes par leur éducation et leur instruction.

En Angleterre, il n'est pas de ville industrielle qui n'ait son « Musée de parc public suburbain », sa « Free library », son « Institute », son « Polytechnicum », etc., où, après leur journée de tra-

7

vail, les dimanches et les fêtes, les petits bourgeois, les employés et les ouvriers peuvent, en
compagnie de leurs femmes et de leurs enfants, se
distraire à admirer de belles œuvres d'art, à
lire de beaux livres, à écouter des concerts donnés par les plus grands artistes, des conférences
faites par des personnages renommés et éminents,
et se rafraîchir, agréablement et sainement, dans
des salles de thé, de café, de gingerbœr, etc. [1].

Voilà les bienfaits sociaux de la liberté et de
l'initiative corporatives et privées en matière
d'institutions publiques pour l'Art et pour les
Industries d'art !

---

[1]. Toutes ces admirables institutions anglaises sont
décrites dans le cinquième volume de mes rapports de missions artistiques, publié par le Gouvernement en 1889.

# CHAPITRE IV

## OU EN EST, EN FRANCE, LE MUSÉE POUR LES INDUSTRIES D'ART

———

L'École n'est pas tout dans l'organisme d'enseignement pour les Industries d'art ; il y a le Musée, qui y occupe une place très importante. Les œuvres que le Musée expose sont les exemples pratiques de la théorie qui est donnée à l'École. A côté de la démonstration tangible des lois de l'esthétique par des exemples choisis, se place logiquement la démonstration matérielle des lois de la technologie, qui influent sur le mode d'expression des premières, avec tant de force que leur ignorance ou leur méconnaissance entraîne la stérilité, sinon la déviation, des facultés de conception et d'exécution les plus puissantes, les plus actives, ou tout au moins fait perdre, dans des tâtonnements et des hésitations, un travail et un temps infiniment précieux. Au point de vue de l'éducation artistique générale de

la nation, l'utilité du Musée n'est pas moins
évidente. En y montrant au public, dans ses
évolutions successives à travers les siècles,
l'Art national, appliqué aux industries, toujours
empreint des qualités caractéristiques de la race :
l'élégance dans la simplicité, la noblesse dans la
grâce, la délicatesse dans la fantaisie, et le charme
dans l'originalité, on en fait un foyer ardent de
nationalisme artistique, le nationalisme qui met
au cœur les viriles énergies et les hautes aspirations, qui inspire la passion des belles œuvres, et
le mépris de la camelote, du faux, de la contrefaçon, et du vieux neuf.

## I

### LE FAMEUX MUSÉE DE L'UNION CENTRALE
### DES ARTS DÉCORATIFS

La première idée du Musée institution d'enseignement et de propagande pour les Industries d'art
a été lancée pour la première fois en France, en
1848, pendant une crise qui frappait cruellement
ces industries. L'association d'artistes et d'industriels qui en prit l'initiative s'adressa à l'État
pour la réaliser. Un ministre éloquent y alla d'un

fort beau discours : et ce fut tout. En 1860, une
autre association reprenait l'idée et proposait au
Gouvernement impérial de créer dans toutes les
villes des musées d'instruction artistique ; le Gouvernement, qui avait d'autres préoccupations, ne
répondit même pas à l'association. En 1876, il fut
présenté à la Chambre des députés une proposition de loi sur l'organisation de musées spéciaux
pour les Industries d'art ; une commission conclut
à son adoption et demanda un crédit de 45.000 fr.
pour les frais d'études ; le Gouvernement s'y
opposa et fit ajourner la proposition... aux ca-
lendes grecques. En 1885, il était question de la
création par l'État d'un Musée national des arts
décoratifs, sur le modèle du South Kensington
Museum de Londres et des musées du même
genre qui venaient d'être fondés à Berlin et à
Vienne. Je fus chargé par le sous-secrétaire d'État
des Beaux-Arts, M. Edmond Turquet, d'aller étudier ces deux dernières institutions, et de lui en
faire un rapport, qui était ensuite imprimé par
ordre du ministère de l'Instruction publique et des
Beaux-Arts [1].

1. 1er volume de mes rapports de missions officielles
publiés par le Gouvernement, 1885, Imprimerie A. Quantin
et Cie.

Une société nouvelle de collectionneurs, d'amateurs, de marchands d'antiquités et de curiosités, et de gens du monde, panachés de quelques industriels, l'Union centrale des arts décoratifs, fit une obstruction, aussi acharnée que violente, à la réalisation de ce projet. Elle allait lancer la fameuse Loterie des quatorze millions pour la création d'un musée particulier.

Après beaucoup de péripéties, quelque peu scandaleuses, ce musée fut fondé ; et l'État l'hospitalisa dans le Palais de l'Industrie, tout d'abord ; ensuite, après la démolition de ce palais, dans le pavillon de Marsan, au Louvre.

Ce musée n'est qu'un musée de hautes curiosités artistiques, d'objets rares et précieux, de bibelots historiques ou particuliers, de toutes les provenances et de toutes les époques. Son organisation n'a aucun rapport avec celle des musées pour les Industries d'art créés en Allemagne, en Angleterre, et dans tous les autres pays d'Europe, institutions essentiellement d'enseignement pratique et de propagande active pour ces industries, et dont les riches collections sont réglementairement tenues à la disposition de toutes les écoles, de tous les musées, et de toutes les associations artistiques. Le

musée de l'Union Centrale des arts décoratifs n'est
d'aucune utilité pratique pour les industriels d'art,
ni pour les artistes, ni pour les ouvriers ; autant
dire qu'il n'existe pas pour eux. Pendant longtemps, il a été fermé aux œuvres d'art industriel
modernes, par suite non point simplement d'une
indifférence systématique, mais bien d'une hostilité déclarée à l'égard des artistes qui ont le plus
honoré, au XIX$^e$ siècle, notre pays, par un talent
égal, sinon supérieur, à celui des très célèbres,
aux plus glorieuses époques de l'histoire de l'Art.

En voici quelques exemples typiques : Un jour,
Jean Garnier, un ciseleur de génie dont plusieurs
musées étrangers et des collections de milliardaires possèdent des œuvres, attribuées imperturbablement à Benvenuto Cellini, se trouvant dans
une profonde misère, s'en alla timidement présenter à la direction de ce musée une merveille
d'orfèvrerie qu'il venait d'exécuter ; il offrit de la
céder pour un morceau de pain. On lui répondit :
« Nous n'avons pas de fonds, nos statuts nous
« obligent à capitaliser en vue de construire notre
« musée. »

Quelques jours après, le conseil d'administration
du musée, qui avait fait faire ce cruel mensonge,

votait une somme énorme pour acheter à la
fameuse vente Spitzer des objets d'art anciens,
aussi douteux qu'inutiles pour nos artistes et nos
ouvriers d'art. Sans la vigoureuse campagne que
je venais de faire dans *la France* d'Émile de
Girardin, le musée aurait même acheté, à forfait,
la collection tout entière !

A la vente San Donato, le Musée des arts décoratifs payait 1.950 francs une pièce cataloguée orfèvrerie ancienne, qui était l'œuvre maquillée d'un
autre ciseleur français, du plus grand talent,
Francis Peureux. Celui-ci n'avait jamais pu réussir
à vendre quoi que ce soit à l'Union centrale, et
il avait cédé cette belle œuvre à un orfèvre parisien pour 100 francs.

En 1891, quand disparut Barbedienne, le célèbre
fondeur de bronzes d'art, le petit groupe des industriels du conseil d'administration proposa pour le
remplacer dans ce conseil le président de la
Chambre syndicale des fabricants de bronzes, qui
paraissait tout désigné pour recueillir cette succession. Ce candidat, un des plus anciens
membres de la société, obtint neuf voix contre
quarante données à un très jeune amateur, de la
plus vieille aristocratie nobiliaire il est vrai, qui

ne faisait même pas partie de l'Union centrale des arts décoratifs !

Ce n'est point tout : A la suite d'une campagne faite de 1892 à 1894 pour réformer le musée, un certain nombre de chambres syndicales des Industries d'art de Paris et des départements demandèrent leur affiliation à la société ; le conseil d'administration mit à cette affiliation de telles conditions qu'elle devenait impossible. Ces chambres étaient admises comme adhérentes, mais elles n'avaient d'autre droit que celui de verser leurs cotisations annuelles, sans pouvoir ni voter, ni émettre de vœux, d'observations, de conseils, puisqu'elles ne pouvaient assister à aucune réunion, à aucune assemblée générale !

Et, ainsi, se justifiait la prédiction faite, dès la création du musée de l'Union centrale des arts décoratifs, par un éminent écrivain d'art, Eugène Véron, directeur de l'*Art*, sur l'avenir de cette institution :

« L'idée de fonder un musée des arts décoratifs « est tombée entre les mains de politiciens qui n'y « ont vu qu'une question de panache. Au lieu « d'un musée pour les ouvriers, on aura un musée « pour les amateurs, une institution de parade, où

« l'on pourra aller admirer la collection de tel ou
« personnage connu, mais dont les travailleurs
« seront tenus à distance. C'est donc une idée à la
« mer, à moins que les Chambres ne finissent par
« en comprendre l'importance économique, et
« qu'elles ne donnent sur les doigts de ceux qui ne
« l'ont accaparée que pour la mutiler. »

La plus grande part de responsabilité en revient
à l'État qui, cependant, avait, et qui a encore, en
mains tous les moyens de forcer l'Union centrale
des arts décoratifs à tenir ses engagements de doter
la France d'un South Kensington Museum pour
l'enseignement et la propagande des Industries
d'art françaises ; mais l'État ne l'a pas voulu, ou
plutôt ne l'a pas osé. C'est que la société a toujours eu grand soin de mettre à sa tête un homme
politique influent, qui put obtenir : autorisation
de loterie, concession de palais nationaux,
manne abondante de décorations, les yeux fermés
de l'État sur ses affaires, principalement sur la vio-
lation de ses statuts, et sur le manquement constant
aux promesses faites aux industriels et artistes, dans
les circonstances les plus solennelles et les plus
graves. Ainsi, au Congrès des arts décoratifs, organisé en 1894, les délégués officiels de 230 chambres

de commerce, chambres syndicales et associations d'Industries d'art de Paris et des départements manifestèrent hautement et avec énergie pour la réorganisation radicale et immédiate du Musée des arts décoratifs, en vue de le rendre utile à ces industries au lieu de leur nuire, comme il l'avait fait jusque là, en lui maintenant son caractère de musée de pures curiosités artistiques, et en en excluant systématiquement les productions de ces industries. A ce moment, le président de la société était membre de la Commission du budget de la Chambre des députés et rapporteur du budget des Beaux-Arts ! Au banquet de clôture, le représentant de l'État couvrit de fleurs et le député et l'Union centrale des arts décoratifs ! L'année suivante, l'État concédait à la société le Pavillon de Marsan, au Palais du Louvre, pour y installer définitivement le Musée des arts décoratifs, nullement réorganisé conformément aux vœux du congrès, au contraire, plus encore fermement maintenu, suivant la définition même donnée par le conseil d'administration, dans une de ses délibérations, à l'état de gigantesque « Cabinet d'un amateur ». Et l'inauguration des nouveaux locaux fut faite avec beaucoup de solennité, et de palabres officiels.

## II

### QUELQUES AUTRES MUSÉES DU MÊME GENRE

La Ville de Lyon a été dotée par la Chambre de commerce d'un très beau musée de la soierie, digne de la grande métropole française de cette noble industrie. Le titre de cette institution — Musée historique des Tissus — en définit avec précision le caractère, la physionomie, et le but. L'histoire y tient en effet plus de place que la technologie ; et c'est ainsi beaucoup moins un musée d'enseignement industriel et de propagande commerciale pour la soierie lyonnaise qu'un musée de hautes curiosités artistiques.

Comme il y a à Lyon, en outre de la soierie, de nombreuses Industries artistiques, la Chambre de commerce eut, un instant, l'idée, dont elle commença la réalisation, d'un vrai Musée des arts décoratifs ; mais l'embryon de collections pour ces industries a été étouffé par le développement du Musée historique des Tissus. Lors de mon enquête de 1896-1897, toutes les chambres syndicales, les artistes et les patrons de l'ameublement, de l'orfèvrerie, de la bijouterie, de la ferronnerie, des bronzes d art, etc., ont unanimement demandé la reconstitution de ce musée, devenu indispensable, à leur avis nettement motivé.

Le Musée de céramique de la Manufacture nationale de porcelaines de Sèvres est pour cette industrie ce qu'est à Lyon pour la soierie le Musée historique des Tissus : un véritable Louvre. Des tentatives ont été faites, il y a quelques années, sur mon initiative, pour l'extérioriser dans les centres de production de la céramique qui se trouvent dans le Nord de la France ; elles ont échoué par suite de l'hésitation de l'État à apporter le concours nécessaire, malgré les ressources considérables dont dispose le Musée de céramique de Sèvres, dans ses caves et dans ses greniers.

Le Musée de céramique de l'École nationale des arts décoratifs de Limoges, fondé par un mécène limousin, Adrien Dubouché, est, en réduction, un second musée de Sèvres, un musée de hautes curiosités en matière de céramique ancienne. En 1896-1897, la Chambre syndicale des fabricants de porcelaines offrit à l'administration des Beaux-Arts les fonds pour réorganiser ce musée en vue de le rendre utile à l'industrie locale ; elle ne reçut pas la moindre réponse à cette généreuse proposition.

En 1890, la municipalité de Saint-Étienne fondait, sur mon initiative et sous ma direction, un Musée d'art et d'industrie pour la rubannerie et l'armurerie. Pendant six ans, cette institution a très bien fonctionné, et elle a rendu les plus grands services à ces deux industries. Son organisation, essentiellement pratique, était basée sur le principe d'un musée vivant, se renouvelant constamment, et s'extériorisant le plus possible. Sur son budget annuel de 20.000 francs, la moitié était affectée statutairement à des acquisitions artistiques et industrielles, destinées à tenir les chefs d'ateliers, les artistes et les ouvriers au courant de la production générale, tant étrangère que française. Tous les modèles nouveaux étaient, par un service de circulation, mis à la disposition des uns et des autres, à domicile, dans les usines, et dans les ateliers mêmes. Au musée était annexée une bibliothèque d'art circulante. Ce musée avait en outre réalisé l'idéal — jugé longtemps utopique — de la collaboration, active et intime, des délégués d'une municipalité — socialiste et ouvrière —, des chambres syndicales d'ouvriers, avec les directeurs des grandes usines métallurgiques de la région et les plus riches fabricants d'armes et de rubans. Hélas ! un jour, la politique est intervenue ; et elle a détruit cette œuvre d'enseignement artistique et de paix sociale, sans que rien n'ait été tenté par l'État, malgré mes supplications, pour la sauver d'une ruine qui aurait pu être conjurée aisément avec un peu de bonne volonté et d'énergie, car il avait tout droit d'intervenir, ayant apporté son concours à la création du musée [1].

La particularité d'incohérence et de contradiction que je signalais dans la création des écoles pour les Industries d'art n'est pas moins évidente dans la création des musées. Tout y a été laissé au hasard. Par exemple, le Nord, le Midi, la Lorraine, Vierzon ne possèdent pas le moindre musée de céramique pour leurs importantes fabriques de faïences, de porcelaines, et de carreaux ; mais il y en a de superbes, de fort riches, et d'infiniment précieux par la quantité et la qualité des œuvres d'art, à Rouen et à Lyon, qui, depuis un siècle, ont vu s'éteindre les fours de leurs potiers. A Marseille, il n'y a pas de musée pour les Industries artistiques locales ; mais le conseil municipal dépense

1. L'histoire, édifiante autant que triste, de ce musée a été écrite dans le volume : *Pour la défense de nos Industries d'art*, publié en 1899.

annuellement 12.500 francs pour l'entretien du
Musée Borelly, afin que, le dimanche, dans la
belle saison, les petits bourgeois, les ouvriers et les
militaires puissent y aller admirer des momies. A
Roubaix, dans l'École nationale des arts industriels, vous trouverez des tableaux, des curiosités
d'histoire naturelle, et d'ethnographie, mais pas de
musée des tissus.

On ne s'est pas fait encore, en France, même
dans les plus grandes villes d'art et d'industrie, à
cette conception sociale qu'un Musée, dans l'organisme de la Cité, doit être un service public,
sérieux et pratique, comme les services des eaux,
du gaz, de l'électricité, et de la voirie ; et qu'en
conséquence il doit être doté de tout ce qui est
nécessaire pour un fonctionnement actif, normal,
et régulier : budget, direction, personnel, outillage, locaux convenables, etc., etc.

Dans l'organisation du Musée actuel, dans le
recrutement de ses éléments, il semble qu'on ne
soit pas encore sorti de la période primitive, alors
qu'il servait uniquement de dépôt pour les œuvres
d'art laissées à l'abandon, après la destruction,
l'expropriation ou la désaffectation dés édifices
religieux, des couvents ou des châteaux ; pour les

objets recueillis dans les fouilles archéologiques et dans les travaux d'édilité ; pour les œuvres d'art anciennes de tous genres léguées par des amateurs et des collectionneurs généreux. Aucun autre but que celui de conserver, — la dénomination de conservateur en est logiquement dérivée, — n'apparaît dans la façon dont tout ce qui le compose est classé, exposé et étiqueté. Aucun souffle de vie n'anime de nouveau ce passé définitivement mort ; or, ce qui est mort empoisonne les vivants.

Aussi, n'attache-t-on pas grande importance à la direction du Musée ; elle est considérée comme un titre purement honorifique, comme une distinction à accorder à une personnalité intéressante, en récompense d'une belle carrière d'artiste, d'archéologue, de collectionneur, de mécène, etc. Et en cette considération, elle ne comporte généralement aucune rétribution sérieuse, qui entraînerait l'obligation pour le titulaire d'un travail permanent, régulier et actif.

Il en est autrement en Allemagne, ainsi d'ailleurs qu'en Angleterre. Le Musée, sans cesser d'être un Temple de l'Art, est devenu, sous l'influence irrésistible des nécessités modernes, une institution d'enseignement et de propagande, organisée scientifiquement et pratiquement, pour qu'elle puisse rendre les services les plus positifs au pays, en vue de le faire progresser et prospérer dans toutes les branches de l'Art appliqué aux Industries.

Et ce n'est pas un des moindres sujets d'étonnement provoqués par l'étude de ces organisations nouvelles que de constater combien la théorie de l'utilité pratique du Musée pour les industries d'un pays a pénétré profondément dans le monde industriel, et y inspire fréquemment des initiatives hardies et des générosités admirables. En voici un témoignage bien curieux dans ce passage d'une lettre que deux grands métallurgistes-mécaniciens de Birmingham, MM. Tangye frères, adressaient, en 1886, au président du comité d'administration du Musée municipal d'art de cette ville, en offrant une somme de 250.000 francs, et une collection de porcelaines évaluée à près d'un demi-million, pour l'augmentation des collections de ce musée :

« En même temps que beaucoup d'autres per-
« sonnes, nous avons depuis longtemps senti le pré-
« judice causé à la ville par l'absence d'un musée
« d'art convenable, et nous avons lu avec un grand
« intérêt les articles que vous avez écrits de temps en
« temps, pour engager le conseil municipal à s'oc-

« cuper de cette question, aussitôt et aussi sérieu-
« sement que possible.

« Nous ne pouvons nous empêcher de croire que
« si la ville et le conseil sentaient vivement l'im-
« portance d'un tel musée, l'apathie actuelle ces-
« serait aussitôt. C'est bel et bon de la part des
« critiques de s'élever contre les industriels et les
« artisans de Birmingham, à cause de leur infé-
« riorité sur leurs concurrents à l'étranger ; mais
« quelles occasions ont-ils de se perfectionner ?
« South Kensington, dans la pratique, est aussi
« loin que Paris ou Munich, tandis que nos con-
« currents sur le continent, dans presque chaque
« ville industrielle (en Allemagne !), ont libre
« accès dans des collections comprenant les plus
« beaux spécimens de l'art, et fournissant une
« infinité variable de styles et de dessins. »

Aussi, l'organisation administrative du Musée
pour les Industries d'art, en Allemagne, et même
plus encore en Angleterre, présente-t-elle une très
grande originalité. On exige de ceux qui sont appelés à le diriger des connaissances professionnelles
spéciales, de l'activité, de l'initiative, et beaucoup
de passion pour leur métier, — car c'en est un,
tenu en haute estime et générale considération. —

On leur impose l'obligation de s'y consacrer uniquement, exclusivement ; et il leur est interdit — particulièrement en Angleterre — de se livrer. à toute autre occupation, quelle qu'elle soit, même d'écrire dans les journaux et les revues d'art, d'entreprendre des publications artistiques, de faire des livres, etc., etc.

Mais, par contre, l'on paye ces fonctionnaires comme il convient ; leurs appointements sont en rapport avec leur autorité et leur responsabilité, soit avec leur situation sociale, très élevée.

En France, hélas !, nous n'en sommes point encore là ! Le Musée est toujours tenu pour une institution de pur luxe, dont l'organisation est laissée au hasard, sinon à la fantaisie capricieuse de l'incompétence et de l'irresponsabilité.

En résumé, un Musée historique des Tissus à Lyon, trois musées historiques de la Céramique à Limoges, à Sèvres et à Rouen, et un Musée des arts décoratifs à Paris, défini par ses administrateurs eux-mêmes un « Cabinet d'amateur » gigantesque : Voilà tout l'organisme d'enseignement et de propagande pour les Industries d'art, en matière de Musée, que la France peut opposer à celui de l'Allemagne, qui comprend 37 musées spéciaux puissamment outillés et dotés de ressources financières considérables, et 11 musées d'art et d'antiquités dans lesquels sont installées des sections d'art industriel, ancien et moderne, se rapportant directement aux Industries d'art de la ville et de la région, et pouvant ainsi leur offrir des modèles et des documents d'études.

Or, au cours de l'enquête de 1896-1897, 70 chambres de commerce, chambres syndicales et associations artistiques, dans 15 grands centres industriels, ont réclamé instamment, par des délibérations rendues publiques, la création de musées pour les Industries d'art, en déclarant nettement que l'absence de ces institutions d'enseignement artistique et de propagande commerciale est une des causes principales de la crise de ces industries.

# CHAPITRE V

## *QUELQUES AUTRES CAUSES DE LA CRISE DES INDUSTRIES D'ART FRANÇAISES*

---

Il y a encore d'autres causes de la crise des Industries d'art françaises : causes d'ordre politique, causes d'ordre social, et causes d'ordre moral. Ce ne sont pas les moindres; et l'on peut même dire que ces causes-là ont engendré celles qui ont été analysées dans le chapitre précédent.

## I

### CAUSES D'ORDRE POLITIQUE

Les questions artistiques ne paraissent pas inspirer beaucoup d'intérêt aux membres du Parlement. Il n'y a pas lieu d'en rechercher les raisons. La constatation seule importe ici. L'on a toujours remarqué qu'aux séances où sont présentés, mais nullement discutés, les budgets des ministères des Beaux-Arts, du Commerce et de l'Industrie, les

bancs de l'une et l'autre assemblée législative sont
à peu près vides. Un journaliste, M. André Hal-
lays, traçait, un jour, dans le *Journal des Débats*,
ce spirituel croquis de la Chambre des députés,
en cette circonstance :

« Curieux d'entendre nos députés discourir sur
« le budget des Beaux-Arts, j'ai été hier à la
« Chambre où devait se continuer la discussion
« commencée la veille. On m'avait promis que
« j'entendrais un grand discours de M. Dujardin-
« Beaumetz. Ce plaisir m'a été refusé. Néanmoins
« le spectacle m'a paru instructif... Lorsque je
« pénétrais dans une des tribunes, ils étaient
« quarante-quatre épars sur les banquettes de
« l'amphithéâtre. Dix semblaient écouter l'ora-
« teur. Les autres écrivaient leurs lettres, ou bien
« lisaient leur journal. Comme ils avaient de la
« place, ils étalaient leurs paperasses sur les pu-
« pitres voisins. Évidemment, ils étaient venus,
« ou bien parce qu'ils n'avaient pas de feu chez
« eux, ou bien parce qu'ils préféraient ne pas se
« trouver à la maison à l'heure où leur femme de
« ménage remue les meubles et secoue les tapis. »

Rendant compte d'une séance où l'on parlait de
ce même budget, le *Temps* ne pouvait s'empêcher

de faire remarquer tristement que les députés
étaient à peine au nombre d'un demi-cent ; et il
citait à ce propos la piquante réplique de M. Lasies
à un de ses collègues, qui venait de s'écrier
tragiquement à propos d'un concours d'entrée au
Conservatoire : « Que diriez-vous d'un jury qui
prononcerait son verdict sans avoir rien entendu ?
— Il ferait comme nous ! Nous sommes 580 qui
devrions être là pour voter le budget, en réalité
nous sommes 50. » Et l'on voit, dans le *Journal*
*officiel*, que cette réplique provoqua une hilarité
générale : On n'est jamais mieux jugé que par
soi-même et par... les siens.

A une autre séance, consacrée au budget des
Beaux-Arts, en 1897, un député monte à la tribune pour demander au commissaire du Gouvernement quelques explications sur un incident sou-
levé par le rapporteur de ce budget. Un écrivain
d'art avait été chargé d'une mission officielle pour
« procéder à une enquête sur la situation des
« Industries d'art et sur les moyens d'enseigne-
« ment par les musées et les écoles dont dis-
« posent les ouvriers qui les exercent. » Le rapport
de cette mission, sur des interventions à la fois
politiques et administratives, avait subi des sup-

pressions diverses concernant les écoles nationales des arts décoratifs de Limoges et d'Aubusson ; son auteur avait été désavoué au point de vue du caractère officiel de cette mission, etc. Et le député avait terminé ainsi ses observations :

« Toutes les fois, — ce fait, Messieurs, est parti-
« culièrement grave, — qu'on ordonne une enquête,
« si les résultats n'en sont pas absolument con-
« formes aux vues de l'administration, si cette
« enquête ne conclut pas que tout est pour le
« mieux dans la meilleure des administrations,
« qu'il s'agisse des Beaux-Arts, de la Guerre, ou
« de la Marine, ou bien l'on met l'auteur dans
« l'impossibilité d'avoir des renseignements, on
« paralyse ses efforts, ou bien on ne lui livre pas
« les documents dont il a besoin, on lui refuse les
« communications qu'il juge utiles, ou bien, enfin,
« on supprime des rapports les procès-verbaux
« qui ne concluent pas dans le sens de l'adminis-
« tration. C'est ce procédé blâmable que je voulais
« signaler. Je suis persuadé que comme moi vous
« voudrez le voir cesser. » La question avait été élevée ainsi au-dessus de toute personnalité ; le principe de l'indépendance complète d'une mission d'enquête officielle était nettement posé. Après

avoir déclaré bel et bien officielle la mission confiée
à l'écrivain d'art, dont la compétence et l'autorité
ne pouvaient être contestées, et après avoir balbu-
tié quelques explications très confuses sur les conditions de la publication du rapport de cette mission, le commissaire du Gouvernement, directeur
des Beaux-Arts, s'écria, en affectant un air fort
détaché : « Voilà toute l'affaire. Je crois qu'elle
n'est pas de nature à passionner la Chambre. » Et
le *Journal officiel* mentionne que le demi-cent de
députés présents manifestèrent, par des « très bien !
très bien ! » multipliés, combien ils goûtaient
cette appréciation — quelque peu ironique — de
leur indifférence pour une question concernant le
développement et la prospérité des Industries d'art
nationales.

Il n'est jamais arrivé, de mémoire de parlementaire, qu'une discussion du budget des Beaux-Arts
ait provoqué une réforme quelconque, ait jamais
introduit une amélioration, ni fait supprimer un
vice de fonctionnement, dans l'organisme d'enseignement des Industries d'art, si défectueux et s
insuffisant qu'il apparaisse à tout le monde. De
quelques discours, prononcés de temps à autre par
certains députés des grands centres artistiques et

industriels, qui ont voulu par là libérer leur conscience vis-à-vis de leurs électeurs, on peut dire fort justement que les plus éloquents, les plus incisifs, ont pu changer une opinion, mais qu'ils n'ont jamais changé un vote.

Le maintien, depuis quarante ans, de l'École nationale des arts décoratifs de Paris dans le bâtiment où elle fut logée provisoirement à sa fondation, ou plutôt à sa réorganisation, est un exemple saisissant de la vérité de cet axiome parlementaire, et aussi de l'indifférence systématique des deux Chambres à l'égard de ces questions. Un député de Paris disait, une fois, à la tribune, que si la Commission d'hygiène de la Ville de Paris s'avisait de faire une descente dans cette école, elle en ordonnerait immédiatement l'évacuation, puis la démolition, en tant que type le plus parfait de l'habitation insalubre. L'annexe de l'École nationale des arts décoratifs, destinée à la section des jeunes filles, n'est guère moins mal installée. Pour paraître faire quelque chose, de temps en temps, l'administration des Beaux-Arts fait dresser des plans, entame des négociations avec la Ville de Paris pour l'obtention du terrain nécessaire. Et les choses en restent éternellement au même point; et le Parlement continue à ne pas s'émouvoir le moins du monde de ce que la municipalité de la plus pauvre ville industrielle de province certainement ne tolèrerait pas.

Cela n'a rien qui doive étonner : les rapports rédigés soi-disant au nom de la Commission du budget de la Chambre des députés ou du Sénat, sont généralement préparés dans les bureaux de l'administration des Beaux-Arts; le rapporteur se contente d'ajouter aux documents officiels l'ornementation des fleurs de rhétorique de son crû, et, parfois, quelques considérations personnelles d'esthétique, destinées à donner l'illusion d'une passion et d'une compétence particulières pour les Beaux-Arts, surtout dans les domaines de la musique, de la danse et de la comédie. Et, lorsque, tout à fait exceptionnellement, ces considérations touchent aux questions sérieuses, la politique électorale intervient et inspire les idées et les motions les plus extraordinaires. C'est ainsi qu'en 1912, le rapporteur du budget des Beaux-Arts à la Chambre des députés, celui-là même qui déclarait solennellement que « l'art décoratif français n'existe plus, que son enseignement est en train de s'en aller », résumait de cette façon son idéal de réorganisatio n

de cet enseignement : « *Toutes les écoles alimen-*
« *tées par les fonds de l'État, des départements et*
« *des communes, doivent être placées sous le con-*
« *trôle permanent des syndicats ouvriers qui repré-*
« *sentent les professions intéressées, afin de recons-*
« *tituer, adaptée aux idées modernes, inspirée*
« *des idées essentielles de la démocratie, à l'aide*
« *de la loi, de l'école et du syndicalisme, cette édu-*
« *cation corporative qui n'existe plus... Des trans-*
« *formations profondes sont la condition préalable*
« *d'une rénovation un peu complète de notre art*
« *décoratif ; et nous n'avons pas besoin de dire*
« *qu'elles sont celles où nous inclinent nos convic-*
« *tions politiques.* »

Ce qui revient à dire, tout simplement, avec plus
de clarté : tant que la République socialiste n'aura
pas remplacé la République bourgeoise et réactionnaire, tant que la Lutte de classe, prêchée par
l'Internationale et par la Confédération générale du
Travail, n'aura pas abouti, la France restera, artistiquement et industriellement, en arrière de toutes
les autres nations ; et nous ne proposerons ni vote-
rons un sou pour la réorganisation de son enseignement artistique et industriel, que nous consi-
dérons comme imparfait..

Il semble bien, en effet, que cette menace n'était pas un vain artifice oratoire ; elle peut expliquer ce fait étrange qu'en ces dernières années le Parlement n'ait jamais été saisi d'un projet de loi ouvrant les crédits nécessaires pour mettre notre enseignement artistique à la hauteur à laquelle est arrivé ce même enseignement, en Allemagne, en Angleterre, et même simplement en des petits pays comme la Suisse, et les Pays Scandinaves. Et, quand, par hasard, quelque député a eu la hardiesse et le courage de signaler à la tribune les dangers que cette incurie présente, jamais aucun blâme, même le plus lénitif, n'en a été adressé à l'État. Par exemple, en 1905, un député du Rhône, M. Aynard, ancien président de la Chambre de commerce de Lyon, membre de l'Institut, résumait un discours sur cette question en qualifiant énergiquement de « misérables, et faisant vraiment fort mauvaise figure, les quelques centaines de mille francs consacrés par la France à son enseignement artistique, si on les compare aux millions dépensés par l'Angleterre, et même par la petite et vaillante République Suisse ». Le sous-secrétaire d'État des Beaux-Arts répondait purement et simplement par la déclaration habituelle : « Nous n'avons pas d'argent. »

Et, la question, en dépit de son importance, était immédiatement enterrée sous les pelletées des « très bien ! très bien ! » soigneusement mentionnés par le *Journal officiel*, comme l'expression, **non** déguisée, de la satisfaction indicible d'une économie pouvant être reportée sur d'autres budgets **plus** intéressants au point de vue électoral et politique.

## II

### COMMENT ON FAIT DE LA PUBLICITÉ OFFICIELLE AUX INDUSTRIES D'ART FRANÇAISES

Si les parlementaires se contentaient d'une attitude d'indifférence pour les questions artistiques, il n'y aurait encore que demi-mal ; mais ils semblent bien manifester, dans toutes les occasions qui se présentent, une véritable antipathie contre nos Industries d'art, en les dénigrant presque systématiquement, et parfois avec une violence inouïe, sous l'apparence de leur dire toutes leurs vérités, uniquement, sans aucun doute, pour leur bien et pour leur salut.

Depuis quelques années, vous ne liriez pas un rapport du budget des Beaux-Arts à la Chambre des députés, vous n'entendriez pas un discours ministériel d'exposition, de congrès, ou de banquet artistiques, que vous n'y trouviez des phrases nombreuses où il ne soit fait la guerre à notre Art décoratif national, tenu pour désuet, arriéré, et inférieur à celui des autres pays, parce qu'il n'est ni moderniste, ni international, ni démocratique, etc., etc.

Voici, par exemple, ce qu'écrivait, il y a quatre ans, dans un de ces rapports, un député, dont la déclaration sur la déliquescence de l'enseignement artistique a été citée plus haut :

« La France qui, au XVIII<sup>e</sup> siècle, imposait à « l'Europe ses meubles, ses tentures et ses bibe- « lots, sa décoration et son goût, a perdu sa préé- « minence ; non seulement elle n'est plus à la tête « de l'Art décoratif, mais elle est devancée par « les autres nations. »

Vers le même temps, un ministre de l'Instruction publique et des Beaux-Arts disait, en un discours public : « Le fait brutal ne saurait être contesté : « Tant que nous avons été, en France, capables « de créer des modèles originaux, on est venu de « l'étranger nous demander des leçons de goût et « acheter nos meubles au poids de l'or. Cette « suprématie, nous ne l'avons plus intégrale. »

En 1913, on pouvait lire dans le rapport sur le budget des Beaux-Arts à la Chambre des députés : « Notre vieille suprématie dans les arts est « menacée. Nous ne sommes pas encore battus, « mais d'autres déjà nous rattrapent. Si nous n'y « prenons garde, ils auront bien vite fait de nous « dépasser. »

Et cette monomanie de discréditer nos Industries d'art nationales s'étend un peu partout, gagne tous les milieux.

En 1910, le Conseil municipal de Paris envoyait une délégation officielle de quatre membres à un Congrès des arts décoratifs allemands à Munich. Cette délégation, à son retour, fit un rapport. En voici la conclusion : « Le Sedan commercial, dont « nous sommes menacés, n'est plus à craindre « actuellement. C'est un fait accompli, et nous « devons en prendre notre parti ; quels que soient « les efforts et les sacrifices que nous ferons, « jamais nous ne pourrons rattraper l'avance qu'a « Munich sur nous au point de vue industriel. »

Il faut avoir vraiment l'ignorance encyclopédique qui caractérise, hélas ! beaucoup de nos parlementaires, ignorance fortifiée par un aplomb inouï, pour juger ainsi les Industries d'art françaises.

Rien de tout ce qu'on vient de lire n'est exact. Ces arbitres d'art improvisés prennent le Pirée pour un homme! Nos concurrents étrangers, bien qu'ils aient eu le plus grand plaisir à entendre quelques-uns de nos hommes d'État proclamer ainsi notre infériorité artistique vis-à-vis d'eux, en ont certainement éprouvé une vive surprise, puisqu'ils n'ont jamais cessé de venir chercher en France des modèles de bon goût, d'élégance et d'originalité, pour s'en inspirer, sinon tout simplement pour les copier. Leurs musées d'art décoratif nous achètent toujours, « au poids de l'or », nos meubles, nos tentures, nos bijoux, nos orfèvreries, nos bronzes d'art, notre céramique, etc., pour les faire étudier par les industriels, les artistes et les ouvriers d'art, comme des chefs-d'œuvre de composition artistique et d'exécution technique. Si le ministre de l'Instruction publique des Beaux-Arts, dont j'ai cité la pessimiste déclaration officielle, avait jamais ouvert un rapport de missions d'enquête en Allemagne, ordonnées par son département, il n'aurait point ignoré que le musée de Pforzheim, par exemple, contient de nombreuses créations de nos bijoutiers et orfèvres parisiens les plus en renom, acquises en vue de l'enseignement artistique et technique organisé supérieurement dans les deux écoles d'art pour l'industrie locale, que possède cette métropole de la bijouterie allemande.

Il est absolument inexact que la France ait perdu sa « prééminence » ou sa « suprématie « artistique dans aucune de nos Industries d'art. Leur crise est uniquement, exclusivement, une crise dans la production industrielle et dans l'expansion commerciale, crise due au développement prodigieux de la concurrence allemande, qui est puissamment outillée pour l'une et pour l'autre, grâce à ses nombreuses institutions d'enseignement artistique, technique, et commercial.

## III

### UNE EXPOSITION ALLEMANDE A PARIS, EN 1911
#### ORGANISÉE PAR DES FRANÇAIS
#### ET PATRONNÉE OFFICIELLEMENT!!

Plus malheureusement, des paroles on passe trop souvent aux actes, qui en aggravent encore les conséquences désastreuses pour notre pays.

En 1911, l'État accorde l'hospitalité gratuite du Grand palais des Champs-Élysées à une Exposition officielle des arts décoratifs de Munich, à laquelle l'Empereur d'Allemagne a accordé, sur sa cassette particulière, une subvention de 200.000 marks. L'inauguration en est faite par des ministres ; et le Président de la République, un jour, l'honore d'une visite officielle. Un comité français, conjointement avec un comité allemand, a organisé cette exposition ; et dans ce comité l'on voit figurer les plus hauts fonctionnaires de l'administration des Beaux-Arts, des directeurs de musées et d'écoles des arts décoratifs. Or, ce qu'on nous y a montré devait prouver péremptoirement l'exagération singulière du jugement précité : « l'avance prise par les arts décoratifs de Munich sur les arts décoratifs français, avance que tous nos efforts et tous nos sacrifices ne nous feront jamais rattraper ». Tous les ensembles mobiliers exposés avec orgueil étaient lamentables d'incohérence et de mauvais goût ; ils témoignaient particulièrement des tendances les plus impulsives de ces prétendus novateurs à copier de très mauvais modèles de la fin de la Restauration et du règne de Louis-Philippe !

En 1912, le ministre de l'Instruction publique et des Beaux-Arts saisissait le Parlement d'un projet de loi pour l'organisation d'une Exposition internationale des arts décoratifs qui devait s'ouvrir en

mai 1916. En tête du règlement de cette exposition,
il était prescrit d'en exclure toute œuvre d'art,
qui, de près ou de loin, plus ou moins directement,
paraîtrait inspirée des styles français anciens, classiques, et historiques. L'entreprise devait réaliser, dans les Industries d'art, ce qu'on avait
résolu d'innover à l'Exposition internationale des
Beaux-Arts de Rome en 1912, et qui échoua si
piteusement par suite de l'opposition énergique
des grandes associations des artistes : la mise à
l'index, officielle et publique, de l'Art français
national et traditionnel.

## IV

### CAUSES D'ORDRE SOCIAL
### LA GUERRE A L'AME FRANÇAISE ET A LA TRADITION
### ARTISTIQUE NATIONALE

C'est qu'on a voulu tenter de détruire, en Art et
en Industries d'art — comme partout ailleurs —
tout ce qui représente la tradition nationale,
l'âme française. On a voulu rompre définitivement le lien puissant qui relie le présent au passé,
les descendants aux ancêtres, et qui, par cette
chaîne sociale, solide, ininterrompue, des mœurs

professionnelles, léguées par les maîtres d'autrefois, pareille à une chaîne de touage, permet de
conduire sûrement vers l'avenir, malgré les cou-
rants furieux, et les récifs cachés, et en dépit de
l'inexpérience et de l'insouciance des maîtres de
l'équipage, le bateau qui porte notre fortune et
notre gloire artistiques ; bateau qui rappelle, par ses
vicissitudes, le vaisseau héraldique de la Ville de
Paris portant la fière devise : « Fluctuat nec mer-
gitur. »

Par ses applications, multiples et variées à tout
ce qui, dans le Foyer, fait le confort, l'agrément,
le charme et la poésie de la vie intime et familiale,
à tout ce qui donne aux édifices, aux monuments,
aux places et aux rues de la Cité, leur physionomie,
leur beauté, leur magnificence et leur grandeur,
l'Art national est l'expression la plus exacte, et la
plus fidèle, du génie créateur de notre race.

Afin de détruire le Foyer et la Cité, en faisant
de l'un une auberge, et de l'autre un caravansé-
rail, sans dieux lares, sans pierres ancestrales, il
faut transformer l'Art national, si délicat, si franc,
si honnête, en quelque chose de cosmopolite, de
métèque, d'international, et d'anarchiste, où nos
qualités, traditionnelles et innées, de grâce, d'élé-

gance, de simplicité et de mesure, seront rempla-
cées par tout ce que la vanité, l'ostentation, la
frénésie du luxe, la neurasthénie et le spleen pourront faire inventer de plus hétéroclite, de plus
illogique, de plus malsain, et de plus fou.

Il faut jeter à bas la vieille Maison française, à
la façade avenante et pittoresque, toute de lignes
simples et logiques, aux vastes pièces, claires et
gaies avec leurs boiseries relevées de fines mou-
lures et de guirlandes de fleurs légères, avec leurs
meubles de toutes époques, familiers et serviables,
la Maison dont la création, suivant l'expression si
heureuse d'un écrivain [1], avait exigé des siècles de
goût héréditaire, de grâce transmise, d'intelligence
et de tact.

Il faut remplacer cette Maison par la bâtisse au
morose et banal visage, anguleux, boursouflé d'ex-
croissances et de verrues, dont l'intérieur glacial
est aménagé en cabine de navires, symbole du
passage hâtif de ses habitants, fiévreux et agités,
à travers le pays, le monde et le siècle.

Il faut abattre violemment avec le pic et la
hache, ou laisser détruire par les injures des

1. Camille Mauclair, *Trois crises de l'Art*.

hommes et du temps, les monuments historiques, gloire du passé ; et, pour ceux auxquels on n'ose pas encore toucher, en raison de leur célébrité, on s'efforce de les dénationaliser, en leur attribuant officiellement une origine étrangère.

Si, pendant des siècles, l'Art national, dans toutes ses branches diverses, a imposé sa domination universelle par l'irrésistible séduction de ses créations, c'est parce que ceux qui le pratiquaient, depuis les maîtres des ateliers des grandes villes jusqu'aux plus modestes artisans des villages, continuaient religieusement les traditions artistiques et techniques léguées par les ancêtres, s'inspiraient exclusivement des œuvres qu'ils avaient créées et qui leur servaient de modèles.

Certains hommes politiques, pour qui notre passé glorieux dans les Industries d'art est un cauchemar perpétuel, comme témoignage, éclatant et superbe, de la grandeur et de la prospérité de la nation dans des temps abhorrés, rêvent d'un art inédit, encore inconnu, qui soit la synthèse matérielle de leurs idées, de leurs goûts et de leurs mœurs. Un rapporteur du budget des Beaux-Arts n'écrira-t-il pas, un jour, à ce propos, au nom de la Commission du budget de la Chambre des dépu-

tés, cette singulière déclaration : « L'imitation de
« nos glorieux styles du passé a trop longtemps
« absorbé l'attention de nos dessinateurs et retenu
« la faveur du public, comme si nous étions inca-
« pables de créer nous-mêmes notre style, d'avoir
« un art à nous ! »

Un écrivain d'art, qui n'est point un réactionnaire, M. Gustave Geffroy, répondra : « Il ne
« s'agit pas d'inventer comme cela un style du jour
« au lendemain. Il faut continuer le travail de
« ceux qui sont venus avant nous, et en modifier
« peu à peu l'expression, pour arriver à un style
« original et nouveau. »

Le changement est une maladie, une névrose ;
l'homme sain et vigoureux de corps et d'esprit ne
demande pas à changer sa manière de vivre, de
penser et de créer ; il continue sa vie, purement et
simplement, dans la pratique, méthodique et régulière, de ses qualités personnelles, qui le condui-
ront plus sûrement à l'originalité — entendu au
sens étymologique du mot : ce qui sort de soi-
même — que l'impulsion du dehors, soit d'autrui,
soit des choses, soit des événements. La recherche,
systématique et acharnée, de l'original et du nouveau ne conduit qu'à la bizarrerie, à l'étrangeté, à
l'incohérence, et même fort souvent à la folie.

## V

### L'IMPRESSIONNISME ET L'ART NOUVEAU
### SONT PROCLAMÉS L'ART OFFICIEL FRANÇAIS !

Or, comme c'est précisément le moment où, dans la littérature, dans le théâtre, dans la philosophie, dominent tyranniquement les influences étrangères, le Tolstoïsme, l'Ibsénisme, le Niestschéisme, le Schopenhauérisme, etc., ceux qui se sont, avec impertinence, arrogé la mission de diriger l'Art et les Industries d'art découvrent subitement dans l'Impressionnisme et dans l'Art nouveau, géminés, l'art idéal, l'art type d'internationalisme, de météquisme et d'anarchie, par ses origines et par son esthétique ; ils le prônent et patronnent dans tous leurs discours publics ; ils le consacrent par une protection officielle, concordant avec la proscription de l'Art national.

Tout le monde connaît, au moins de nom, l'Impressionnisme. C'est, en art, à la fois un genre, une manière, une mode et une chapelle, qui, il est vrai, depuis quelques années, a pris, petit à petit, les dimensions d'une halle immense.

Ceux qui le pratiquent et ceux qui l'encouragent

voudraient bien qu'il soit qualifié du titre, classique et historique, d'École. On dirait l'École impressionniste, comme on dit l'École romaine, l'École lombarde, l'École lyonnaise, l'École anglaise. Ce serait évidemment très honorable et très flatteur. Mais la prétention ne peut se justifier. L'Impressionnisme est juste tout le contraire, l'antithèse d'une École, quel que soit le point de vue auquel on se place. En Impressionnisme, il n'y a plus de traditions, plus de corps de doctrines, plus d'enseignement, plus de règlements, plus de discipline, etc., alors que l'École, par essence, comporte et exige tout cela.

On ne naît pas impressionniste, et l'on n'apprend point à l'être ; on le devient subitement, instantanément, comme l'on tombe malade, suivant les circonstances et les milieux, suivant les besoins, les ambitions et les rêves ; car rien n'est plus facile, ni plus rapide que cette transformation, même radicale et complète.

Dans l'Impressionnisme, les procédés et les formules s'adaptent immédiatement, et avec précision, aux esthétiques et aux techniques de tous les pays ; ils sont vraiment interchangeables. C'est ce qui fait qu'il fleurit également, et avec une vivacité prodigieuse, sous toutes les latitudes et dans tous les climats. Aussi, l'Impressionnisme est-il essentiellement international. Rien ne ressemble plus à un impressionniste qu'un autre impressionniste, qu'il soit français, espagnol, allemand, madégasse ou néo-calédonien.

Tant que l'Impressionnisme est resté simplement la dénomination pittoresque, quoique parfaitement inexacte, d'un petit groupe d'artistes convaincus et ardents, sympathiques et aimables, réunis par les mêmes goûts, s'entretenant mutuellement, dans leurs douces illusions, de la supériorité d'une esthétique et d'une technique particulières et personnelles, il n'y avait pas de raison de l'attaquer. Je crains d'attrister profondément quelques camarades de jeunesse et amis d'âge mûr, en paraissant le faire. Ici, seul, est en cause l'Impressionnisme d'aujourd'hui, dont on pourrait dire qu'il a été changé en nourrice, tant il est méconnaissable à tous les points de vue ; l'Impressionnisme bluffeur, violent, agressif, révolutionnaire, démagogique, et même anarchiste ; l'Impressionnisme transformé en organisme de combat et de prosélytisme, pour attaquer et tenter de détruire toutes les traditions artistiques, toutes les institutions destinées à les conserver, les maintenir et les transmettre aux générations futures : écoles, musées et ateliers.

On vous dira imperturbablement que, jusqu'à la venue de l'Impressionnisme, « les manifestations de l'art ne s'étaient adressées qu'à une élite ; qu'elles n'avaient pu être appréciées et goûtées que par ceux que leur culture supérieure, leur richesse et leurs loisirs mettaient à même de s'y initier » ; « mais, grâce aux grands artistes qui l'ont fondé, depuis un demi-siècle, ajoute-t-on, le mouvement qui porte l'art à s'adapter, de plus en plus, à la vie, est devenu irrésistible et a emporté toutes les barrières ».

A l'Impressionnisme de cette nouvelle espèce, il était de toute nécessité, pour le rendre intéressant, de donner des martyrs, de façon à créer la légende sentimentale qu'il n'en est pas à compter les pauvres victimes de l'Intolérance et du Fanatisme académiques; on les a trouvés bien vite. Mais, comme ses grands maîtres sont encore trop près de nous, comme un nimbe de ce genre sur la tête de Manet, par exemple, ferait sourire, on a incorporé dans ce martyrologe nouveau l'École romantique tout entière, qui date déjà de plus d'un demi-siècle, — le recul au moins nécessaire : — J.-F. Millet, Delacroix, Corot, Théodore Rousseau, Brascassat, Paul Huet, J. Dupré, Chintreuil, etc., jusqu'à Puvis de Chavannes. Chers grands artistes, modestes, timides et fiers, dont le génie méconnu n'a demandé les revanches finales, souvent posthumes, qu'à la patience et à la ténacité d'un labeur incessant et acharné, dans la solitude et le silence, quels seraient aujourd'hui votre étonnement et votre tristesse de voir ainsi vos noms, respectés et vénérés, cautionner des révolutionnaires, des anarchistes de l'art !

La propagation de l'Impressionnisme, non seulement en France, mais dans le monde entier, a donné naissance à un vaste mouvement international, de caractères très divers, de physionomies très variées, qui, — à la façon de tous ceux de ce temps poursuivant un but analogue de déracinement de nos traditions nationales, de désagrégation des forces vives de notre pays —, est supérieurement organisé, puissamment doté de tous les éléments et moyens de succès, et qui semble, lui aussi, être dirigé par un mystérieux chef d'orchestre, siégeant on ne sait où, et dont le bâton, hier, conduisait frénétiquement la musique la plus assourdissante et la sarabande la plus échevelée.

M. Cormon, président de l'Académie des Beaux-Arts, disait récemment, à ce propos, au comité de la Société des artistes français : « Depuis long-temps, nous assistons aux agissements d'une organisation très spéciale, qui défend ses intérêts, ce qui est son droit, mais au détriment des intérêts des autres, qui, eux aussi, ont non seulement le droit, mais encore le devoir, de se défendre. Cette organisation a des ramifications dans tous les milieux. Elle est internationale. Elle nous attaque de tous les côtés. Il est temps que nous agissions et que nous nous défendions énergiquement. »

Tous les membres du comité, reconnaissant la justesse de cette importante déclaration de l'émi-nent artiste, applaudirent à son courage, à son énergie, et à son bon sens.

Les campagnes pour gagner l'opinion à ce nou-veau genre de peinture sont menées habilement par les procédés habituels de publicité : par l'évocation incessante des grands mots, aussi vides que so-nores, d'émancipation, d'aspirations nouvelles, de modernité, etc., auxquels sont particulièrement sensibles les âmes ingénues et naïves ; et par l'ex-ploitation des infirmités physiques et morales, qui sont très répandues aujourd'hui : la névrose, le faux amour-propre, le snobisme, la veulerie, la vanité, l'égoïsme, la passion de l'argent, etc.

Des pays qui étaient de fidèles clients de l'Art national français, par exemple la Russie où subsistaient encore, il y a un quart de siècle, très vivaces, les traditions de mécénisme aristocratique du XVIII^e siècle ; les États-Unis, séduits et formés par l'École de 1830 ; la Belgique qui a tant d'affinités intellectuelles avec la France, ont été envahis par l'Impressionnisme.

Les jeunes artistes nécessaires pour assurer la production intensive, indispensable au succès de l'Impressionnisme, sont raccolés dans les écoles et dans les ateliers. L'appât offert à tous est de gagner de l'argent rapidement, sans se donner beaucoup de mal, et d'arriver, en même temps, à une certaine notoriété. Lui viennent aussi, spontanément, ceux à qui la vache enragée paraît trop dure, malgré l'exemple, donné par la plupart de leurs maîtres, de débuts très difficiles, très pénibles, stoïquement supportés ; ceux qui « ne savent plus attendre, et veulent hâtivement jouir de la vie », disait éloquemment le président de la Société nationale des Beaux-Arts, M. Roll, dans un discours prononcé, il y a cinq ans, sur cette grave question.

La désorganisation des écoles et des ateliers s'ensuit fatalement ; car, s'il est un métier dont l'apprentissage et la pratique exigent impérieusement les qualités et les habitudes de patience, de discipline, d'ordre, de méthode et d'amour passionné du travail, c'est bien le métier d'artiste ; or, l'Impressionnisme est la négation de tout cela.

Le présent est autrement difficile, dur et cruel pour les jeunes artistes, que le passé le fut pour leurs aînés, arrivés à la fortune, aux honneurs et à la renommée. Ceux-ci n'avaient qu'à lutter contre la pauvreté ; avec de la jeunesse, de la philosophie, de l'enthousiasme et de la foi, on la supportait vaillamment. « Puisqu'on vient de m'envoyer une nouvelle édition des *Misérables*, disait un jour Meissonier à sa femme, relis-m'en un peu. Ces passages de la misère de Marius me rappellent la mienne..., mes dîners à vingt centimes : un mauvais bol de bouillon et un peu de pommes de terre frites achetées en sortant. Mais le tout était assaisonné de conversations en plein idéal avec mes amis. Nous ne nous occupions que d'art et de sentiment. »

Aujourd'hui, les jeunes artistes ont à lutter contre les tentations constantes de séduction et de

**10**

corruption de l'argent, qui n'existaient pas autrefois. « Ce n'est pas sans difficultés, ni parfois sans d'amers découragements, que les forts persistent et persévèrent » : déclarait très tristement, dans son discours présidentiel, à une des dernières séances publiques de l'Académie des beaux-arts, M. Cormon, professeur de peinture à l'École nationale des beaux-arts. La démission récente d'un autre professeur chef d'atelier de l'école, M. Luc Olivier-Merson, n'aurait pas d'autres causes que la désespérance de pouvoir réagir contre l'état d'esprit déplorable provoqué par les nombreux exemples de succès d'argent de l'Impressionnisme.

Des expositions particulières multipliées, des ventes publiques incessantes, permettent de créer constamment des jeunes réputations, de les entretenir dans la mémoire du public, et de leur assurer une progression incessante de cotes dans la mercuriale des marchés de la peinture. Un système d'exhibitions circulantes dans les grands centres d'Europe et du Nouveau-Monde associe à la propagande en faveur de l'Impressionnisme des sociétés des beaux-arts, nationales, régionales, ou locales, qui, sous la séduction d'une coopération gratuite, prêtent leurs comités, leurs locaux et leur influence : ce qui permet de donner l'illusion de manifestations spontanées, ayant pour but de faire connaître, d'une façon indépendante, des productions présentées, dans les prospectus, les catalogues, les discours et les journaux, comme les seules originales de l'École française, les seules qui soient à la mode et qui se vendent, les seules que patronnent les hautes sommités artistiques et le Gouvernement.

Dans les villes et dans les pays suspects d'attachement aux traditions artistiques et à l'enseignement classique, les exhibitions seront panachées de quelques œuvres de maîtres représentant ces traditions et cet enseignement.

Et, ainsi, en France et à l'étranger, se recrute une clientèle abondante parmi ceux qui, benoîtement, et par ignorance, croient, dur comme le fer, à la gloire éternelle de l'Impressionnisme; parmi les modernes « bourgeois-gentilhomme » qui veulent à tout prix être dans le courant du goût le plus raffiné, qui aspirent à passer pour des mécènes aux idées artistiques avancées ; parmi les spéculateurs qui font des collections de tableaux pour les revendre à gros bénéfices, qui jouent à la hausse ou à la baisse sur la peinture, comme d'autres sur le blé, sur le café, sur le sucre, etc. ; et parmi les naïfs que les ventes à l'essai, les rachats subits avec primes énormes, provoquant infailliblement de nou⁻ velles acquisitions plus considérables, et cette fois définitives, mettent à la merci d'intermédiaires pleins de flair et d'astuce. Et, il y a aussi les névrosés, qui se livrent à l'Impressionnisme comme d'autres à l'éther et à l'opium, parce qu'ils trouvent dans cette peinture troublée, imprécise, évanescente, etc., la source intarissable de songes et de rêveries endormant leur maladive imagination.

Les amateurs qui achètent pour leur plaisir, pour la satisfaction de leurs goûts, ne veulent être ni dupes ni complices ; plus souvent encore, ils redoutent de s'exposer, dans leur entourage mondain, à la suspicion maligne de paraître des réactionnaires, incapables de rien comprendre aux beautés incomparables de l'Impressionnisme. Sous des prétextes aussi nombreux que plausibles, ils se réfugient dans une persistante abstention.

Et, c'est inévitablement la gêne et la misère pour la plupart des artistes sincères, sérieux, qui refusent de sacrifier aux faux dieux de l'Impressionnisme, qui persistent à vouloir faire de l'art de « chez nous », de la peinture bien française.

Enfin, il nous faut en venir à l'Art nouveau.
L'Art nouveau est né en cette période extrême
du xixᵉ siècle, que la malice populaire dénomma
expressivement Fin de siècle, en tant qu'aboutissement logique de longues années d'extravagances,
d'excentricités et de folies. Il vit le jour à Bruxelles,
en Brabant. On le mit en nourrice en Angleterre,
d'où il vint en France pour faire ses dents. Ses
premiers vagissements furent trouvés plaisants.
Ce premier succès de gaieté inspira à quelques
artistes, dévoyés et ambitieux, qui, par snobisme
parisien, jouaient aux ouvriers d'art, l'idée de se
lancer dans cette production étrange, bizarre et
sensationnelle, qui n'exigeait aucune connaissance
artistique et technique, ni talent, ni génie. Des
esthètes falots, mais anarchistes de tempérament,
— ceux mêmes qui patronnaient en peinture l'Impressionnisme, le Futurisme, le Cubisme, etc. — ,
louèrent avec entrain leurs travaux naïfs, enfantins
parfois, et les imposèrent au Tout-Paris, soit le
Tout Cosmopolis des bohêmes, des désœuvrés, des
détraqués et des invertis. L'Art nouveau se mit
ensuite à courir le monde pour exploiter fructueu-
sement sa veine, et la mode qui lui était venue.
L'Allemagne, particulièrement, lui fit bon accueil;

et il fixa ses pénates officielles à Munich, devenue la Mecque de la religion artistique nouvelle.

Seule, encore, une ignorance encyclopédique peut excuser, sinon faire comprendre, ce choix vraiment étrange de l'Art nouveau comme l'Art officiel français du xxᵉ siècle, par la méconnais-sance complète de l'histoire, qui enseigne formelle-ment, aujourd'hui, cette vérité indiscutable : Jamais, à aucune époque, même la plus lointaine, la France n'a eu besoin de se mettre à la remorque de l'Étran-ger, pour faire vivre et prospérer ses Industries d'art, non plus que son architecture, ni sa peinture ni sa sculpture ; toujours, elle a trouvé dans son génie, dans sa tradition et dans son sol, tout ce dont elle avait besoin, — idées, formes et maté-riaux, artistes et ouvriers, — pour les porter aux plus hauts sommets.

## VI

### LE SABRE DE M. PRUD'HOMME

Bon nombre de lois votées dans ces dernières années par le Parlement ont été cruellement funestes aux Industries d'art ; elles ressemblent en quelque sorte au sabre de M. Prud'homme, qui

lui servait à défendre les institutions et au besoin
à les attaquer.

Les lois sur les fabriques des églises, sur l'ex-
pulsion des ordres religieux, sur la séparation des
Églises et de l'État ont ruiné un grand nombre de
maisons prospères d'orfèvrerie, de joaillerie, de
vitraux d'art, de menuiserie d'art, de broderies, et
de tissus précieux ; ont enlevé leur pain quotidien
à une multitude d'artistes : architectes, peintres
décorateurs, ornemanistes, sculpteurs sur pierre et
sur bois, etc., etc.

Les lois, dites sociales, sur le travail des femmes
et des enfants dans les manufactures, sur la limi-
tation des heures de travail des adultes, sur l'interdiction d'occuper dans les ateliers des apprentis
à côté des ouvriers, etc., se sont, à leur application administrative, retournées violemment
contre les intérêts sociaux, moraux et matériels de
ceux mêmes en faveur de qui elles paraissaient
avoir été votées. Elles ont fait naître dans l'imagination des ouvriers, surexcitée et troublée, des
idées, des espérances, des apirations, et des rêves
irréalisables, des illusions décevantes qui ont
détruit radicalement en eux les traditions, ancestrales et corporatives, de l'orgueil du métier, de la

passion du beau travail, du goût des recherches, des innovations et des inventions assurant les progrès artistiques et techniques des Industries d'art ; elles ont fait germer un égoïsme individuel et professionnel, invraisemblable, qui a engendré cette monstruosité sociale : l'hostilité contre l'apprentissage, contre l'instruction technique et l'éducation artistique des jeunes gens, destinés à assurer la continuité de l'industrie dans la famille, dans la ville, dans la région et dans le pays.

VII

L'ASSOCIATION DANS LES INDUSTRIES D'ART

L'Association dans les Industries d'art, si florissante en Allemagne, n'existe pour ainsi dire pas en France. Ce singulier phénomène est d'autant plus saisissant, et provoque d'amères réflexions sur ses causes et ses conséquences, que, dans toutes les autres branches de l'activité nationale, l'on trouve d'innombrables et superbes exemples d'une application parfaite de ce principe social, et de sa fécondité en immenses résultats pour la prospérité générale. Comment et pourquoi a-t-il été réservé aux Industries d'art, alors que l'Agriculture, le Commerce, les Grandes industries, la Bienfaisance, la Mutualité, le Tourisme, les Professions libérales, etc., etc., ont créé partout des groupements, puissants, souvent formidables par le nombre, par la solidarité et par l'activité de leurs membres, qui savent défendre et faire valoir, en toutes circonstances, contre qui les menace ou les compromet, leurs droits et leurs intérêts?

Il semble bien que les causes en soient celles-ci : la tradition de l'atelier familial faisant vivre un peu à l'écart le patron et ses collaborateurs ; les relations directes entre le producteur et le consommateur, excluant la préoccupation de la recherche d'une clientèle extérieure ; la centralisation administrative dans l'enseignement artistique et professionnel pour les Industries d'art; et surtout la tutelle persistante de l'État dans la seule circonstance d'extériorisation et de groupement indispensables : l'organisation des expositions universelles et internationales, dont les comités d'installations et les jurys sont toujours laissés au choix du Gouvernement.

Le prototype de l'Association dans les Industries d'art, qui a inspiré les créations, si nombreuses, de l'Allemagne et de l'Angleterre, est

pourtant d'origine française : témoignage probant
que le caractère et le tempérament des artistes et
des artisans français ne sont nullement réfractaires
à ce mode de perfectionnement et d'expansion de
leurs œuvres. Au milieu du XIXe siècle, il s'était
fondé, à Paris, un « Comité central des Artistes
industriels », à qui, en 1852, deux dessinateurs
industriels, célèbres en ce temps, Clerget et
Klagmann, proposaient déjà comme projets dignes
d'être étudiés et réalisés par l'association, la création « d'expositions périodiques temporaires des
« productions de l'Art appliqué à toutes les
« branches de l'Industrie », et d'un Musée des Arts
industriels. Deux ans après, était organisée l'Exposition universelle de 1855, au Palais de l'Industrie,
avec une section spéciale de ces productions ; et
cette exposition provoquait la fondation, à Londres,
du South Kensington Museum, l'arsenal gigantesque des Industries d'art anglaises.

Nous avions abandonné à l'Étranger l'honneur
et le profit de la première réalisation de cette belle
idée française !

Dans une explosion de colère patriotique, Proudhon s'écriait un jour : « Le génie de la France,
qu'en faisons-nous ? Nous le trahissons nous-
mêmes ! »

## VIII

### LA PREMIÈRE SOCIÉTÉ D'ART INDUSTRIEL

Enfin, en 1863, quelques industriels d'art parisiens prenaient l'initiative de l'organisation d'une société qui devait avoir pour but :

« D'entretenir en France la culture des arts qui
« poursuivent la réalisation du beau dans l'utile ;
« d'aider aux efforts des hommes d'élite qui se
« préoccupent des progrès du travail national,
« depuis l'école et l'apprentissage jusqu'à la maî-
« trise ; d'exciter l'émulation des artistes dont les
« travaux, tout en vulgarisant le sentiment du beau
« et en améliorant le goût public, tendent à con-
« server à nos Industries d'art, dans le monde
« entier, leur vieille et juste prééminence, aujour-
« d'hui menacée. »

Et, dans l'exposé de ses moyens d'action et de ses ressources financières, les promoteurs de la société nouvelle déclaraient hardiment qu'ils ne comptaient que « sur la puissance de l'initiative privée », et qu'ils se contentaient de la simple bienveillance du Gouvernement. « L'Union centrale des Beaux-Arts appliqués à l'Industrie » fut créée.

La liste de ses membres fondateurs comprenait 136 noms ; et le nombre des associés ne devait pas tarder à atteindre le chiffre de 800. Quelles grandes choses elles a faites cette société pendant les vingt années de son existence : l'entretien d'une bibliothèque, l'organisation d'expositions, de concours, de conférences et de cours publics, des encouragements aux industriels et artistes dans la gêne, des subventions aux écoles pour les industrie, et la propagation de la foi artistique ! Tous, illustres ou inconnus, riches ou pauvres, se donnaient corps et âme à l'œuvre commune, unis par une communion intime de nobles ambitions, d'idées généreuses et de sentiments de dévouement désintéressé et inlassable.

« L'Union centrale », comme on l'appelait familièrement dans le monde artistique et industriel, avait pris pour devise : *Tenues grandia*, et pour emblème un chêne, le chêne de la terre de Gaule, né d'un gland, et arrivant peu à peu, avec les années, à dresser fièrement vers le ciel la haute cime de son tronc vigoureux et son robuste branchage. Jamais devise et emblème ne furent plus expressifs ni mieux justifiés par l'essor prodigieux qu'elle imprima aux Industries d'art nationales.

## IX

### L'UNION CENTRALE DES ARTS DÉCORATIFS

Mais cette société, qui rendait de si grands services au pays, n'allait pas tarder à dépérir, puis à sombrer dans une décadence irrémédiable, à la suite de l'invasion de membres nouveaux, étrangers, sinon indifférents, aux Industries d'art modernes, et qui n'avaient ni les goûts ni les idées de ses fondateurs ; et surtout par l'avènement d'un élément politique qui devait apporter là des ambitions nouvelles, en disposant souverainement, pour ceux qui marcheraient avec lui, de places, de fonctions, d'honneurs, et de décorations.

En 1882, elle changeait de nom ; elle devenait l'Union centrale des arts décoratifs ; et, en même temps que de nom, elle changeait d'idéal, d'esprit et de but. Les artistes et les industriels d'art, qui composaient la majorité du conseil d'administration de la société nouvelle, et à qui n'apparaissait pas encore, voilée par l'illusion habilement entretenue de la fondation d'une institution d'enseignement et de propagande pour les Industries d'art, la réalité de la pure et simple organisation à la fois d'une Bourse d'objets d'art anciens, d'une Académie de la curiosité, et d'un club artistique mondain, ne purent résister longtemps à la tactique savante d'hommes politiques, experts à diviser pour régner, au moyen des intrigues et des compétitions inces- santes ; et ils ne tardèrent point à être, peu à peu, évincés par des fonctionnaires, des hommes du. monde, des collectionneurs, des amateurs, des marchands d'antiquités et de vieux-neuf. L'œuvre qui vivait activement de sa modeste aisance allait s'anémier et dépérir de sa richesse, parce que la scandaleuse Loterie des quatorze millions y avait introduit des mœurs, des habitudes, et des appétits nouveaux. Tout ce qui constituait l'organisation d'enseignement et de propagande créé par l'an- cienne société — moins la bibliothèque — a été successivement supprimé, pour ne laisser subsis- ter que le Musée des arts décoratifs, dont la défi- nition précitée « un Cabinet d'amateur », déter- mine bien l'inutilité pour les Industries d'art.

A diverses reprises, sur mon initiative, il a été tenté de réorganiser radicalement l'Union centrale des arts décoratifs, pour la faire revivre de la vie active et féconde de l'ancienne société. En 1890, la Chambre syndicale de la Couture et de la Confec- tion pour dames de Paris, qui est la représenta-

tion d'une industrie occupant plus de 100.000 personnes, celles de la Bijouterie imitation, des Fabricants de bijoux et d'orfèvrerie, des Marchands bijoutiers, orfèvres et joailliers, 21 chambres syndicales d'industries et de commerce d'art de Bordeaux, Besançon, Montpellier, Saint-Étienne, Angoulême et Marseille, demandèrent à être affiliées à la société ; ces demandes — moins une seule — furent repoussées. Au Congrès des arts décoratifs de 1894, les délégués de l'Union artistique des sculpteurs-modeleurs de Paris, et de la Chambre syndicale des Fabricants bijoutiers, joailliers et orfèvres de Paris, proposèrent la motion suivante, qui fut votée d'acclamation par les 230 délégués officiels de chambres de commerce, chambres syndicales, d'industries d'art et associations artistiques de Paris et des départements :
« Introduction dans le conseil d'administration de
« l'Union centrale des arts décoratifs d'un plus
« grand nombre d'artistes industriels ; représenta-
« tion des chambres syndicales industrielles et
« artistiques dans ce même conseil par des délé-
« gués nommés par elles. »
Malgré la promesse faite publiquement par le président de la société de réaliser cette motion, la

société est restée ce qu'elle était : une Académie de la curiosité, non seulement fermée à la vie féconde et laborieuse des Industries d'art contemporaines, mais affectant de leur être hostile, délibérément, résolument.

L'Union centrale des arts décoratifs, en effet, s'est déclarée le patron officiel de l'Art nouveau, international et cosmopolite, qui a fait tant de mal à ces industries. Dans toutes les circonstances qui lui en fournissent l'occasion, et dans celles qu'elle sait faire naître, elle prend, et publiquement, parti contre elles et pour lui ; elle aide, par tous les moyens dont elle dispose, à son développement et à sa propagation. A propos du projet de l'Exposition internationale des arts décoratifs, en 1916, elle entrait nettement en lutte avec le Faubourg Saint-Antoine tout entier ; elle se portait forte d'obtenir des Pouvoirs publics, par son action inlassable, que cette exposition fut uniquement une Exposition des arts décoratifs « modernes » ; sinon d'empêcher son organisation indépendante avec la coopération des artistes et des industriels fidèles aux traditions nationales. Dans le rapport du président de la société à l'assemblée générale de 1912, on lit cette note comminatoire à l'adresse de ces artistes, de ces industriels, et de l'État :

« L'Exposition de 1916 sera donc une exposition
« internationale des arts décoratifs « modernes »
« où elle ne sera pas. Il y va de la dignité et de
« l'existence même de l'art décoratif français. »


# X

## QUELQUES AUTRES SOCIÉTÉS D'ART INDUSTRIEL

Il a été fondé, à Paris, la Société d'encouragement à l'Art et à l'Industrie. Ce groupement
comprend 93 membres, recrutés parmi les anciens
membres des jurys et des comités des expositions
universelles et internationales, parmi les mécènes
notoires, et les hauts fonctionnaires de l'administration des Beaux-Arts et du ministère du Commerce et de l'Industrie.

Elle organise annuellement des concours entre
les élèves des écoles d'art décoratif, des soirées
artistiques et littéraires pour les familles de ses
membres et pour quelques invités du monde politique. C'est donc une sorte de club artistique inter-
mittent.

Depuis six ans, il existe, sous le titre d' « Union
provinciale des arts décoratifs », une association
d'artistes industriels et de quelques esthètes, qui

11

s'est donné pour mission la propagation de l'Art
nouveau, et qui organise des congrès, non seulement en France mais à l'Étranger. En 1908, elle
acceptait l'invitation des « Artistes décorateurs
bavarois » à tenir ses assises à Munich ; et, en
1909, elle les recevait fraternellement à Nancy. C'est
donc bien, à la qualifier exactement, une association
artistique autant sinon plus internationale que française. Sans aucun doute, la guerre actuelle apportera quelques changements à ses vues, à ses idées
et à son programme.

A Paris et dans les départements, des corporations d'Industries d'art, constituées en chambres
syndicales, — par exemple, dans la capitale, la
Bijouterie, l'Orfèverie et la Joaillerie, le Bronze et
l'Horlogerie, le Papier, les Fleurs et les Parures — ;
à Bordeaux, le Syndicat général de l'Ameublement ; à Saint-Étienne, à Marseille, à Nantes, et
à Toulouse, des Bourses du Travail ont créé des
écoles professionnelles, des cours artistiques, des
concours périodiques ; mais l'action de ces groupements est restreinte au métier spécial qu'ils
exercent ; et la modicité de leurs ressources financières ne permet pas de lui donner le développement nécessaire et désiré.

D'autres associations, dont quelques-unes fort riches et très anciennes, possédant de puissants moyens d'action — la Société industrielle de Saint-Quentin et de l'Aisne, la Société industrielle d'Amiens, la Société philomatique de Bordeaux, la Société industrielle de Nantes, la Société d'enseignement professionnel du Rhône, la Société industrielle du Nord, la Société libre d'émulation et la Société industrielle de Rouen, — ont doté ces villes de fort précieuses institutions d'enseignement, qui sont très actives et très prospères ; mais, en général, du fait du caractère des industries locales et régionales, leurs efforts ont été dirigés bien plus du côté de l'application de la science que du côté de l'application de l'art.

Or, toutes les enquêtes officielles, qui ont été faites en France depuis un quart de siècle sur la situation des Industries d'art, ont démontré qu'il existe une grande lacune à ce propos, puisque, partout, les chambres de commerce, les chambres syndicales, et les municipalités aussi, réclamaient la création de sociétés spéciales, locales, régionales, et même nationales, ayant exclusivement pour but de développer ces industries par des organismes particuliers d'instruction, d'éducation et de propagande artistiques.

En résumé, trois sociétés : l'Union centrale des
arts décoratifs, l'Union provinciale des arts décoratifs, et la Société d'encouragement à l'Art et à
l'Industrie, dont l'organisation et le fonctionnement viennent d'être analysés avec précision : voilà
tout ce que nous pouvons opposer aux 178 « Kunst-
gewerbe vereins », groupant plus de 150.000 chefs
d'industrie, artistes et ouvriers, qui ont créé dans
tous les centres industriels de l'Empire allemand
de puissants organismes d'instruction et d'éducation artistiques et professionnelles pour les Industries d'art !

Quant à la propagande pour ces industries, nous
sommes moins encore outillés, puisque nous ne le
sommes point du tout. Aucune institution spéciale
n'existe en France, qui — d'une autre façon que
verbalement, par de simples documents, rapports
et statistiques[1] — puisse, d'une part, faire connaître
aux industriels d'art et aux artistes, par des spécimens choisis avec soin, les types de la production artistique, étrangère ou indigène, à concurrencer au dehors, et, d'autre part, faire apprécier par

---

1. Office du commerce extérieur à la Chambre de commerce de Paris.

les pays dont nous avons le plus grand intérêt à conquérir la clientèle nos œuvres d'art de tous genres, offertes dans les meilleures conditions d'exposition et de publicité. Nous ne sommes nullement en mesure d'opposer à la propagande allemande, supérieurement organisée et puissamment outillée, une propagande française qui, toute de bonne grâce, de bon ton, et d'esprit affable, produirait des effets irrésistibles. Notre insouciance à ce propos a toujours égalé, si elle ne l'a surpassée, l'activité prodigieuse de nos ennemis.

## XI

### LA SOCIÉTÉ DES ARTISTES FRANÇAIS

L'État a-t-il jamais favorisé l'application du principe de l'Association dans l'Art et dans les Industries d'art ? L'histoire de la Société des artistes français est le témoignage indiscutable de son hostilité contre ce principe.

En 1881, il se produisit un événement dans l'administration des Beaux-Arts. En considération des lamentables résultats de la gestion par l'État du Salon annuel, le Conseil supérieur des Beaux-Arts avait émis le vœu que les artistes français eux-mêmes fussent désormais chargés de l'organiser et de le diriger à leurs risques et périls. Ce vœu était adopté par le ministre, par le sous-secrétaire d'État des Beaux-Arts, et approuvé par un décret présidentiel. Les artistes se constituèrent en association sous le titre de « Société des artistes français ». Les défenseurs du privilège officiel donnèrent trois ans aux audacieux qui avaient osé assumer une aussi lourde charge, et surtout une aussi grande responsabilité financière, pour rendre leur tablier à l'administration des Beaux-Arts, et la supplier de les débarrasser de leurs dettes et de leurs ennuis. Or, l'expérience du Salon annuel autonome réussit parfaitement ; la société nouvelle se tira très bien d'affaire. Alors que l'État perdait de l'argent, elle en gagnait.

Mais voici, qu'en 1890, une sécession se produit ; un certain nombre de peintres et de sculpteurs quittent violemment la Société des artistes français, et s'en vont fonder un groupement nouveau : « la Société nationale des Beaux-Arts ».

Les motifs publics de cette sécession sont des dissentiments entre les artistes sur les questions de jurys, de récompenses et de règlements administratifs intérieurs. Or, le véritable promoteur du schisme est Antonin Proust, l'ancien ministre des Arts, le protecteur officiel des Impressionnistes, qui a rêvé de constituer là un formidable organisme artistique, par la fusion de la Société nationale des Beaux-Arts avec l'Union centrale des arts décoratifs, apportant son capital de huit millions de francs. La Société des artistes français, où dominent les membres de l'Institut, les Prix de Rome, les artistes classiques et traditionalistes, en sera fatalement démolie; et, avec elle, le vieux Salon « réactionnaire » disparaîtra.

Pour qui l'État prend-il immédiatement parti ? Pour les sécessionnistes qui partent en guerre contre l'Institut, et contre les doctrines artistiques représentées particulièrement dans la Société des artistes français.

Si, dès les premiers symptômes de troubles dans la Société des artistes français, les représentants de l'État avaient fait leur devoir élémentaire d'arbitres et de conciliateurs, avaient prêché la concorde, avaient calmé les effervescences, avaient défendu les intérêts collectifs de l'Art national, jamais la sécession ne se serait produite.

Mais, la plupart des jeunes et fiers Argonautes, qui partaient, si joyeusement, à la conquête de la nouvelle Toison d'Or, se sont calmés et assagis sous l'influence irrésistible de l'expérience et de l'âge ; ils ont « abandonné » au cours du périple aventureux ; ou ils ont jugé que le rivage de la Colchide était beaucoup plus lointain et moins facilement abordable que la rive gauche de la Seine, en face de la coupole du palais Mazarin. Alors, la Société nationale des Beaux-Arts subit, à son tour, le schisme qu'elle avait provoqué dans la Société des artistes français. Les irréductibles, les intransigeants, ceux qui rêvent de tout changer dans le domaine de l'art, soit les impressionnistes, les modernistes, les tachistes, les cubistes, etc., etc., quittaient, avec fracas, l'association embourgeoisée, pleine d'académiciens et d'académisables, et s'en allaient fonder de nouveaux groupements, auxquels, aussitôt, l'État s'empressait de donner sa protection officielle, et de réserver une large part dans le protocole des visites présidentielles et ministérielles, etc., etc.

Ne pouvant arriver à la suppression de la Société des artistes français, l'État s'ingénie à l'entraver dans son fonctionnement normal, et dans ses tentatives, ingénieuses et hardies, pour développer et extérioriser son action féconde.

En 1905, la constitution du jury de la section française à l'Exposition internationale de Liège est faite dans un tel esprit d'hostilité contre la Société des artistes français que le comité de cette association, sur la proposition de M. Nénot, membre de l'Institut, son vice-président, décide, à l'unanimité moins une voix, de protester auprès du ministre des Beaux-Arts, de lui déclarer que, si ce jury est maintenu tel quel, ses membres n'exposeront pas ; et la société n'obtint satisfaction que grâce à cette protestation.

En 1907, a lieu à Bâle une Exposition d'art français ; elle est presque entièrement composée d'œuvres impressionnistes. Les prospectus annoncent « urbi et orbi » que le but poursuivi par les personnages qui sont à la tête du comité d'exécution est « de présenter une vue d'ensemble, exacte et vivante, du mouvement artistique français ». Le président du comité est un haut fonctionnaire de l'administration des Beaux-Arts !! Dans sa séance du 4 février, le comité de la Société des artistes français décide d'envoyer au sous-secrétaire d'État des Beaux-Arts une délégation pour protester avec énergie contre le patronage officiel donné ainsi à une exposition purement privée, qui, dit-il fermement, ne représente point l'ensemble de l'École française.

Un incident identique se produit quatre ans après. Une exposition du même genre est organisée à Montréal, au Canada. Un haut fonctionnaire de l'administration des Beaux-Arts, mis en congé temporaire pour la circonstance, en est nommé commissaire général, ce qui permet de présenter cette exposition privée et spéciale comme une Exposition officielle de l'État français. La Société des artistes français adresse, à ce propos, une nouvelle protestation au sous-secrétaire d'État des Beaux-Arts.

En 1908, la Société des artistes français et la Société nationale des Beaux-Arts font, d'un commun accord, et à frais communs, une Exposition française à Buenos-Ayres. Cette exposition réussit de toutes manières, à ce point que les deux associations projettent d'en organiser de nouvelles dans d'autres pays, dans les mêmes conditions, afin de propager l'Art national français.

Deux ans après, au lieu d'encourager une initiative collective aussi louable, qui ne coûte rien aux contribuables, l'État s'empresse de monter lui-même, à grands frais, une Exposition officielle, sans aucun jury d'admission, et dont toutes les œuvres sont laissées au choix de l'administration des Beaux-Arts, qui donne libre carrière à ses préférences particulières pour les groupements les plus hétéroclites, et les plus révolutionnaires, et à son hostilité contre l'École traditionaliste.

Cette même année, a lieu l'Exposition internationale de Bruxelles. Décidé à ne point laisser se renouveler le précédent de l'Exposition française d'art de Londres, organisée en commun par la Société des artistes français et par la Société nationale des Beaux-Arts, dont le succès fut prodigieux, à cause de son caractère de sélection des plus belles œuvres de l'École française des XIX$^e$ et XX$^e$ siècles, l'État organise une Exposition officielle où la plus grande place est accordée systématiquement aux groupements précités.

On doit se rappeler le scandale public de l'organisation officielle par l'État de l'Exposition internationale des Beaux-Arts de Rome, en 1911, où les délégués des deux sociétés d'artistes eurent à soutenir des luttes violentes pour empêcher qu'elle ne devînt une catastrophe pour l'Art national.

Enfin, en 1913, à l'Exposition internationale de Gand se renouvellent les incidents de Montréal et de Bruxelles. Ces faits historiques, indéniables, constituent une démonstration péremptoire, indiscutable, et suffisante, de l'hostilité de l'État contre l'application du principe de l'Association dans l'Art et dans les Industries d'art.

## XII

### DEUX ASPECTS DE LA QUESTION SOCIALE
### DANS LES INDUSTRIES D'ART

L'organisation, rationnelle et méthodique, des Industries d'art, par l'Association, par l'École et par le Musée, assurant généreusement et abondamment aux chefs de ces industries, aux artistes et aux ouvriers d'art, les moyens les plus pratiques d'instruction et d'éducation artistiques et professionnelles, de propagande et d'expansion, aurait pour résultat superbe, certain et immédiat, la conservation, sinon la résurrection, du régime, ancestral et traditionnel, de l'atelier familial et même de l'atelier rural. Ce régime n'est pas seulement le plus favorable à l'hygiène physique et à l'hygiène morale de l'artiste et de l'artisan, celui qui peut assurer le mieux une équitable rémunération du travail ; il est la condition essentielle des progrès artistiques et techniques, du renouvellement des idées, de la culture des qualités d'ingéniosité et d'innovation, au moyen desquelles seulement nos Industries d'art peuvent vivre et prospérer.

Il n'est pas contestable, — les témoignages fournis par l'histoire de ces industries à toutes les époques, et particulièrement de notre temps, en abondent —, que ce sont les artistes, et les artistes travaillant dans l'atelier familial ou privé, qui ont fait toutes les découvertes de nouveaux procédés, ou les restaurations d'anciens qui étaient perdus, par lesquels les Industries d'art ont été, en ces dernières années, transformées et amenées à un très haut degré de perfection artistique et technique ; alors qu'au contraire les manufactures, et les usines, organisées suivant le nouveau régime de la grande industrie, ont fort rarement créé de l'inédit et de l'original ; et le plus souvent se contentent de reproduire, de façon intensive, les créations personnelles de ces artistes et de ces artisans, et ainsi de les « vulgariser » au sens le plus péjoratif du terme, soit de les diminuer de valeur.

Et il ne faut pas oublier que les créations artistiques de ces ateliers sont, pour les étrangers et pour nous-mêmes, la caution et la garantie de la

production industrielle courante de ces usines ;
elles en maintiennent le renom mondial, qui dis-
paraîtrait bien vite, s'il ne s'en faisait plus. Aussi,
le président de la Chambre de commerce de Lyon
écrivait-il, lors de l'Exposition universelle de 1889,
dans un document public, avec autant de raison
que d'esprit incisif :

« Le jour où la fabrication par les canuts de la
« Croix-Rousse — berceau historique de la soierie
« lyonnaise — d'un beau lampas, d'un velours
« ciselé ou d'un drap d'or, deviendra une curiosité
« historique, entretenue coûteusement par l'État
« comme celle des Gobelins, Lyon ne sera plus
« que le centre banal d'une industrie découron-
« née. »

Autrefois —, il n'y a même pas longtemps
encore, et en certains endroits hier —, chaque centre
un peu important de population rurale avait ses
corps de métiers indigènes : des menuisiers, des
serruriers, des forgerons, des sculpteurs sur pierre
et sur bois, des peintres décorateurs, des bro-
deurs, etc., qui travaillaient exclusivement, sinon
spécialement, pour les consommateurs locaux ou
régionaux, et que les habitants faisaient vivre dans
l'aisance, en même temps que les commerçants pros-

péraient par eux. Et, ainsi, la prospérité commune assurait la vie économique et industrielle de ce centre ; elle en empêchait le dépeuplement, qui a été forcément amené par la disparition de tous ces corps de métiers. Les habitants non industriels sont devenus, de ce fait, les clients des magasins urbains, qui ne sont plus eux-mêmes que des dépositaires d'usines et d'ateliers lointains, souvent même étrangers.

De là, inévitablement, fatalement, la disparition de ce qui donnait à la Maison française, quelque modeste qu'elle fût, dans nos diverses provinces historiques, une physionomie si pittoresque, si plaisante, si avenante, par son architecture, son décor et son mobilier, caractéristiques et particuliers. Le paysan, le commerçant, l'ouvrier rural ne peut plus continuer la vieille tradition de se loger et de se meubler suivant ses moyens et ses goûts, d'une manière confortable et agréable. C'est partout l'uniformité, et la monotonie d'intérieurs et de mobiliers, qui sont incapables de durer une génération, alors qu'à ceux d'autrefois chaque année d'usage et d'entretien apportait plus de beauté, plus de charme, et plus de prix.

Rien, ni tradition, ni sentiment, ni souvenirs,

ni intérêt, ne peut donc plus retenir dans les campagnes une population à laquelle la grande ville offre le mirage irrésistible de salaires élevés, de plaisirs à bon marché, et d'une liberté complète d'habitudes, de goûts, et de mœurs.

J'ai montré ce qui a été fait en Allemagne pour enrayer ce mal social; je pourrais faire dans de nombreux autres pays une démonstration identique de résultats extraordinaires. En France, tout est à créer dans cet ordre d'idées et d'institutions !

## XIII

### LA CURIOSITÉ ET LE VIEUX-NEUF
### SONT DES FLÉAUX POUR LES INDUSTRIES D'ART

Le snobisme de la curiosité et du brocantage qui, vers la fin du XIXᵉ siècle, s'est répandu, comme une épidémie, partout, dans toutes les classes de la société, doit être tenu comme une des causes les plus actives de la crise des Industries d'art françaises.

Pendant le temps où des érudits collectionnaient, avec autant de passion que de goût, les anciennes œuvres d'art, uniquement parce qu'elles étaient

belles et méconnues ; où les musées d'art les
recueillaient religieusement comme les témoignages
historiques du génie artistique des ancêtres ; les
Industries d'art ont bénéficié de cette pieuse exhu-
mation et de cette intelligente remise en lumière
du passé artistique. Elles leur apportaient d'intéressants motifs d'inspiration, et des modèles
d'exécution, des idées, des formes et des techniques nouvelles puisqu'elles avaient été oubliées.
Ce fut l'Age d'or de la curiosité. Mais elle ne
devait pas tarder à être la proie du snobisme et du
mercantilisme, à devenir un fléau pour les Industries d'art. Les industriels et les artistes qui
vinrent déposer devant la Commission d'enquête
de 1881 révélèrent des faits inouïs, invraisemblables, stupéfiants, de trucages, de falsifications,
d'escroqueries et d'abus de confiance, commis dans
le domaine de la curiosité ; ils en signalèrent avec
vivacité les conséquences désastreuses pour les
industries, qui voyaient diminuer de jour en jour
leur clientèle, et disparaître des ateliers leurs
meilleurs artistes et ouvriers d'art débauchés par
les faussaires. Le recueil de ces dépositions constitue le plus formidable dossier de la canaillerie,
de l'audace et du cynisme de ceux-ci, de la crédu-

12

lité, de la stupidité et de la sottise de leurs victimes bénévoles et le plus souvent complices. La
fameuse Tiare de Saïtaphernès, achetée 200.000
francs par le Louvre, et qui avait été exécutée de
toutes pièces dans un atelier borgne de Montmartre, n'est guère que de la Saint-Jean auprès
des lots d'œuvres d'art anciennes « collées » par
d'habiles courtiers mondains aux milliardaires, et
qui, pour le plus grand nombre, sont de la plus
insigne et notoire fausseté.

La responsabilité de cette évolution de la
curiosité revient en grande partie à cette société
néfaste qui a nom l'Union centrale des arts décoratifs, et à l'État qui n'a pas su, ou plutôt n'a pas
voulu, empêcher cette association de dériver de son
but statutaire, alors qu'il en avait en mains les
moyens les plus légaux, comme les plus expéditifs.

La Chambre syndicale des sculpteurs modeleurs
de Paris adressait au directeur des Beaux-Arts,
en 1896, une pétition dans laquelle on lit ces dou-
loureuses doléances :

« Si nous n'avons plus de travail, nous le devons
« surtout au goût dont les amateurs ont été pris
« pour les bibelots anciens. Or, qui a le plus tra-
« vaillé à répandre ce goût ? L'Union centrale,

« dont on a pu dire, sans crainte d'être démenti
« par des arguments valables, qu'elle était entre
« les mains des marchands de bibelots. »

Déjà, lors de l'enquête de 1881, un ébéniste
parisien de grand talent, M. Séné, faisait hardiment et nettement le même procès à cette société :

« L'Union centrale, disait-il, a organisé des
« expositions plus ou moins vantées. Quand on y
« regarde de près, on reconnaît qu'elle a beaucoup
« plus encouragé le public à porter les préférences
« de son goût sur les objets anciens, qu'ap-
« porté des améliorations pouvant être signalées
« dans la fabrication actuelle, à ce point qu'au-
« jourd'hui les personnes qui se font construire
« des demeures somptueuses ne recherchent plus
« pour les meubler que des choses ayant le carac-
« tère ancien. C'est là une tendance désastreuse
« pour nos Industries d'art, contre laquelle il faut
« sans retard réagir. »

Un membre, très influent, du conseil d'administration de la société, M. Lucien Falize, chef d'une
des plus importantes maisons d'orfèvrerie et de
joaillerie de Paris, faisait lui-même l'aveu qu'à
la création par l'Union d'un musée d'objets rétros-
pectifs il y avait une conséquence dangereuse :

« l'engouement qui se manifeste pour le bibelot ».

Plus tard, un aveu infiniment précieux des conséquences désastreuses, ruineuses, pour les Industries d'art, de la prééminence de la curiosité à l'Union centrale des arts décoratifs, sera fait par son premier président, Antonin Proust, au lendemain de sa démission :

« On est toujours, hélas ! dans ce milieu déco-
« ratif, à se quereller entre collectionneurs et
« industriels, en oubliant l'élément principal, l'ou-
« vrier, ou pour mieux dire l'artisan qui maintient
« l'éclat du nom français. »

C'est bien le cas de répéter le mot : « Habemus confitentem reum ! (Nous avons l'aveu du coupable !) »

Dans toutes les circonstances et occasions où il a été possible pour les chambres syndicales et associations d'Industries d'art de Paris et des départements de faire entendre publiquement leurs réclamations et leurs vœux afin que la société cesse de consacrer spécialement ses ressources financières à l'acquisition d'objets d'art anciens de pure curiosité, elles n'y ont jamais manqué ; mais il n'en a été tenu aucun compte. Pendant la période décennale, de 1886 à 1896, les achats d'ancien se sont élevés à 658.651 francs, alors que les achats

de moderne n'étaient que 222.565 francs. En
1914, la même proportion existait encore :
48.887 francs d'achats d'ancien contre 16.512
d'achats de moderne !

Et, encore, il doit être ajouté que les achats de
moderne se rapportent exclusivement à des pièces
qui sont plutôt des bibelots contemporains de grand
prix que des œuvres pour études artistiques et techniques ; par exemple, un vase d'or ciselé et
émaillé, du prix de 25.000 francs, reposant sur
un napperon de dentelles qui a coûté 6.000 francs,
deux bibelots commandés par le conseil du musée
à deux de ses membres ! Le Musée des arts
décoratifs fait ainsi purement et simplement, en
manquant à son but statutaire d'institution d'enseignement et de propagande, ce que font, en conformité de leur mission, le Musée du Luxembourg
et le Musée Galliera de la Ville de Paris : recueillir
des objets d'art précieux, d'un caractère en quelque
sorte historique, qui iront, plus tard, enrichir le
Musée du Louvre et le Musée du Petit Palais des
Champs-Élysées, le Louvre municipal.

Aussi l'industrie et le commerce de la curiosité
et du vieux-neuf ne cessent-ils de prospérer, au
plus grand détriment des Industries d'art contem-

poraines. Pour Paris, le Bottin ne mentionne pas
moins de 1.500 maisons qui s'y adonnent et s'y
enrichissent ; les Grands magasins se sont mis
à organiser des rayons spéciaux d'objets d'art
anciens ou tout au moins cotés comme tels.

Les statistiques officielles du commerce extérieur
de la France contiennent les preuves mathéma-
tiques de l'extension considérable et constante des
industries et commerces de la curiosité. Les
« objets de collection », qui figurent dans ces statistiques, atteignaient déjà, en 1904, le chiffre de
15 millions à l'importation en France, et celui de
11 millions à l'exportation à l'Étranger. La progression de ces deux chiffres n'a pas cessé ; en
1913, dans cette dernière catégorie, ils s'élevaient
à 22.357.000 francs, et, dans la première, à
40.863.000 francs!! L'Allemagne, à elle seule,
nous en envoyait, il y a quatre ans, pour
14.244.000 francs ; et nous lui en expédions pour
5.664.000 francs. L'Angleterre fait aussi en ce genre
des affaires importantes, quoique moindres. En
1913, elle nous importait pour 8.517.000 francs
d'objets de collection, et elle en recevait de nous
pour 3.634.000 francs. Les États-Unis, contrairement à une opinion fort répandue, n'en font pas

un grand commerce ; c'est à peine si, en moyenne, ils en achètent à la France pour 5 millions par an.

Tous ces chiffres de statistiques officielles pour le commerce extérieur seul, — ce qu'ils doivent être pour le commerce intérieur ! — justifient surabondamment cette assertion que « la curiosité et le vieux-neuf sont des fléaux pour les Industries d'art nationales ».

## XIV

### INFLUENCE NÉFASTE DE L'ESTHÉTISME SUR LES INDUSTRIES D'ART

Nos Industries d'art ont aussi beaucoup souffert de toutes les théories esthético-sociales, fort à la mode, depuis quelques années, dans la littérature dite artistique, et dans les discours et toasts des banquets de même catégorie : « la Religion de la beauté », « l'Art pour le Peuple et par le Peuple », « le Droit à la joie dans le travail », etc. Ces théories nous sont venues du septentrion embrumé et hyperboréen par le Ruskinisme et le Morrisisme, mélange, habile mais indigeste, de la Bible, de Proudhon, de Taine et de Lasalle, du prêche, de la harangue, du sermon, de l'idylle et de la poésie

lyrique ; elles ont fait route de compagnie avec les
théories mystico-philosophiques et dramatico-litté-
raires du Tolstoïsme, de l'Ibsénisme, du Schopenhauérisme, du Marxisme, etc. : « le Droit à
vivre sa vie », « Vivre sa vie en beauté », « le Document humain », « la Tranche de vie », le
Surhomme », « la réhabilitation des prostituées,
des apaches, etc. », etc. La propagande active de
ces théories par de faux bonshommes, roublards et
positifs, qui s'en sont donné la physionomie avan-
tageuse d'apôtres et de novateurs, a été l'ensemen-
cement d'une abondante ivraie étrangère d'insa-
nités, de simagrées, de divagations, de paradoxes
et de sottises, qui, en maints endroits, et bien souvent, a étouffé le bon blé des qualités françaises :
la clarté de la pensée, la logique du raisonnement,
la mesure et la simplicité dans son expression.
Avec leur jargon et leur phraséologie, elle a jeté
du ridicule sur l'Art décoratif et sur les Industries
d'art. Ces esthètes modernes rappellent certains
de la Renaissance, dont Montaigne se moquait fort
spirituellement :

« Je ne puis me garder quand joy nos architectes
« s'enfler de gros mots de pilastres, corniches,
« d'ouvrages corinthien et dorique et semblables

« de leur jargon, que mon imagination ne se sai-
« sisse incontinent du palais d'Apollidon ; et par
« effet, je trouve que ce sont les chétives pièces de
« la porte de ma cuisine. »

Cette littérature a tourneboulé l'imagination aux
artistes et ouvriers d'art, naïfs et simples, qui en
ont été dévoyés de la ligne droite du bon sens, et
se sont égarés dans la rêverie artistique, stérile et
déprimante.

A propos de ces esthètes-là, on peut rééditer le
mot célèbre : « Que Dieu me garde de mes amis ;
je me charge de mes ennemis. »

# CHAPITRE VI

## *LES LEÇONS DE L'HISTOIRE*

———

Un court résumé de l'histoire des rapports artistiques, industriels et économiques, entre la France
et l'Allemagne apportera une confirmation péremptoire des réflexions et observations qu'ins-
pirent les événements de ces dernières années, au
cours de la Guerre sur les champs de bataille du
commerce et de l'industrie, déclarée, en 1881, par
l'Empire germanique à notre pays ; il éclairera d'une
vive lumière l'analyse des causes de la crise de nos
Industries d'art et du développement de celles de
nos ennemis. Et, ainsi, se justifie cette belle pensée
de Brunetière : « Nous ne vivons nécessairement
« que de l'héritage que nous ont transmis nos
« morts. Tradition et progrès se définissent l'un
« par l'autre. En tout temps, ce qu'il y a de plus
« vivant dans le présent c'est peut-être le passé. »

Aux XIIe-XIIIe siècles, et aux XVIIe-XVIIIe, la
France a exercé sur l'Allemagne, à tous les points

de vue, une influence si profonde et si complète
que les historiens les plus pangermanistes eux-
mêmes ont été contraints, par l'évidence des
faits, de convenir que la civilisation allemande, à
ces deux époques, est née de la civilisation française, et en présente la physionomie et le caractère.

# I

## LA FRANCE ET L'ALLEMAGNE
### PENDANT LES XII<sup>e</sup> ET XIII<sup>e</sup> SIÈCLES

Au début du moyen âge, l'Allemagne s'en était
tenue, strictement et résolument, en tout et pour
tout, à l'héritage politique, social et économique de
Charlemagne. Elle ne se préoccupe nullement
d'adapter les idées, les formes, et les mœurs,
léguées par les ancêtres, aux besoins nouveaux,
intellectuels, moraux et matériels. Un historien
allemand écrira nettement à ce propos :

« La vie intellectuelle de l'époque des Othons
« n'est ni riche ni originale. A peine se dis-
« tingue-t-elle de la civilisation carolingienne...
« Non seulement le x<sup>e</sup> siècle conserva toute la
« culture formelle du ix<sup>e</sup>, sans la modifier ni
« l'élargir ; mais il n'essaya jamais de dépasser

« l'idéal artistique et littéraire qui avait été celui
« de l'époque carolingienne [1]. »

Un historien français ajoutera à ce résumé cette
piquante constatation :

« Tous les progrès réalisés par l'art, la littéra-
« ture, les mœurs, les conceptions politiques elles-
« mêmes viennent du dehors, du pays des Lom-
« bards, de Byzance, et plus souvent encore de
« cette « Francia occidentalis », qui se débat dans
« d'atroces épreuves, et que les successeurs ger-
« maniques de Charlemagne traitent volontiers
« comme un fief de leur couronne impériale [2]. »

Mais, voilà que tout à coup, vers le XIIe siècle,
l'influence de la France commence à se manifester
très activement. Notre langue se répand au delà
du Rhin, et apporte avec elle nos chansons de
geste, nos romans de chevalerie, qui sont autant
de codes de courtoisie, d'idéalisme, et de manuels
pratiques de bien penser, de bien dire, et de bien
écrire. Les nobles allemands viennent apprendre

---

1. Hauck : *Kirchengeschichte Deutschlands*. T. II, page
274, cité par Reynaud : *Histoire de l'influence française en
Allemagne*, 2e édition 1915, ouvrage qui devrait être dans
la bibliothèque de tous les hommes politiques français.

2. Reynaud : *Ibidem*, p. 39.

en Bourgogne, en Lorraine, en Provence, en Sicile devenue un royaume normand, la chevalerie et l'art de la guerre, ainsi que les belles manières. Nos florissantes écoles enseignent aux clercs allemands les arts libéraux. On en peut dire qu'il ne se trouvera plus bientôt dans toute l'Allemagne un prince, un grand seigneur, un prélat, un homme d'État, qui n'ait terminé son éducation chez-nous, ou qui n'ait été élevé par un précepteur français. Le « chevalier français » est aux XIIᵉ-XIIIᵉ siècles ce que sera aux XVIIᵉ-XVIIIᵉ le « gentilhomme français » : le type accompli de l'homme parfait, à imiter, sinon à copier. Toutes les cours souveraines ont des reines et des princesses venues de France, qui ont apporté les grâces, les modes, les élégances, et les amours françaises.

Dans les arts, la France sera également l'éducatrice de l'Allemagne. Les moines du grand ordre français de Cluny, qui ont immigré sur tous les points, même les plus reculés, du Saint-Empire, et y ont bâti des églises, des abbayes et des monastères en grand nombre, opèrent personnellement, dans ces constructions monumentales, l'évolution progressive de l'art roman primitif, archaïque, routinier et formulaire, vers un art robuste, fier,

et imposant, qu'on a dénommé à tort le roman germanique puisqu'il est essentiellement français. Et,
ils en révèleront éloquemment, par leur ardent
prosélytisme, la grandeur de conception et la perfection d'exécution au peuple, resté, pendant des
années et des années, absolument réfractaire à
l'émotion artistique qui s'en dégage, par suite d'une
incompréhension traditionnelle de toute esthétique.

Il n'en sera pas différemment pour l'architecture ogivale, apportée de France par les rivaux et
successeurs des Clunisiens, les Cisterciens, dont
la fameuse abbaye bourguignonne essaime plus
encore en Allemagne par ses filiales florissantes
qui sont autant de centres magnifiques de haute
culture artistique.

Les érudits allemands conviennent unanimement, et volontiers, de ce fait singulier — en
contradiction avec ce qui se passait en France —
que cette merveilleuse forme d'art nouvelle ren-
contra, tout d'abord, en Allemagne, une résistance systématique et irréductible. Tous, de l'ouvrier au riche bourgeois, et à l'opulent commerçant
hanséatique, du paysan au seigneur, restent insen-
sibles, indifférents, hostiles même [1], à cette

---

1. Fait singulier et bien significatif : quand on com-

sublime architecture, toute aérienne et toute lumi-
neuse dans la structure et dans son décor : grandiose
et superbe symbole de l'idéal, religieux et patriotique, qui l'a inspirée. Alors, ces apôtres de la Foi
et de l'Art devront faire l'éducation esthétique de
la race allemande. Elle fut difficile, pénible, et longue
surtout : elle dura un siècle. Enfin, lorsque leur
imagination et leurs yeux se furent ouverts à la
Beauté, les Allemands voulurent voir s'élever chez
eux des cathédrales semblables à celles dont la terre
de France, depuis longtemps, avait été toute fleurie ;
ils nous demandèrent des plans, des modèles et
des maîtres d'œuvre : ils n'en avaient pas ! Le
génial maître maçon de Notre-Dame-de-Reims,
Hugues Libergier, envoie un de ses disciples construire l'église de Wimpfen im Tal, un pur bijou
d'art ogival. Maître Gérard élève le Dôme de
Cologne sur les plans de Notre-Dame-d'Amiens et
de Saint-Pierre de Beauvais, fort ingénieusement
combinés. On s'inspire de la cathédrale de Laon

---

mença la construction du Dôme de Cologne, c'est en
France que l'on trouva l'argent pour en couvrir les
premiers frais ; les Allemands hésitaient à ouvrir leurs
bourses pour édifier ce monument qu'ils déclareront plus
tard être leur monument national par excellence ! !

dans la construction des églises ogivales de Magde-
beurg, Bamberg, Fribourg-en-Brisgau, Halberstadt,
Limbourg, Naumbourg, Golnhausen et Eukenbach.
On imite Saint-Urbain de Troyes à Ratisbonne et
à Kollin; Saint-Yves de Braisne, à Trêves,
Oppenheim, Offenbach sur la Gran, et en dix autres
lieux; etc. Les tailleurs de pierre d'outre Rhin
décorent les portails des cathédrales de Magde-
bourg, Bamberg, Hildesheim, Paderborn, Freyberg,
etc., avec des bas-reliefs, des groupes et des statues,
copiés servilement aux façades des cathédrales de
Paris, de Reims, de Chartres et d'Amiens, mais
sans en reproduire ni la majesté, ni l'élégance, et
moins encore le charme souverain.

Les Industries d'art civiles et religieuses sont
aussi très profondément influencées par les œuvres
des ateliers français; et même, pour certaines
branches de ces industries, — l'Émaillerie, l'Orfèvrerie et les Vitraux, — la préférence sera constamment accordée aux productions originales et
séduisantes de ces ateliers par les bourgeois, les
nobles, les chapitres des cathédrales, les abbés et
les abbesses des riches monastères et couvents.

En résumé, grâce à l'influence française, « l'Al-
« lemagne a pu, en Art et en Industries artistiques,

« savourer longuement au xii<sup>e</sup> et au xiii<sup>e</sup> siècle,
« le vin généreux de l'idéalisme qui donne des
« ailes aux actions et aux pensées. »

C'est qu'en ce temps la France est considérée
comme la plus civilisée de toutes les nations. Le
monde entier a les yeux constamment tournés vers
elle, comme vers le foyer ardent d'un génie universel, dont les rayons épandent partout une vie
intense, et féconde en chefs-d'œuvre de tous genres.

La France vient de créer la Féodalité et la Chevalerie, soit le double devoir social de la défense du
sol et du foyer, de la protection de la femme et de
l'enfant, le culte de l'honneur et la pratique de la
loyauté. La France a fait les Croisades, les glorieux
« Gesta dei per Francos », qui lui assurent la
suprématie militaire dans toute la chrétienté, et,
par la création des principautés, des comtés, des
baronnies, et des royaumes francs dans les pays
conquis sur les infidèles, une véritable expansion
coloniale, ajoutant au prestige des armes la séduction d'une civilisation raffinée.

Dirigée par des souverains au génie politique de
premier ordre, servie par de grands ministres et
hommes d'État, appuyée sur une féodalité puissante, sur une bourgeoisie entreprenante et labo-

rieuse, sur une cléricature instruite et disciplinée, sur les Communes, corps actif de la nation, et facteur de sa richesse, la Royauté donne au pays sécurité, prospérité et gloire. La fameuse Université de Paris, mère de toutes les universités du monde, dont les maîtres ès arts libéraux sont vénérés et écoutés comme les Sept sages de la Grèce, — écrira le chancelier d'Angleterre, Richard de Bury, à l'archevêque de Cantorbéry, — les innombrables écoles des abbayes et des monastères, répandent l'instruction abondamment, et en tous lieux. Une littérature, exclusivement nationale, toute d'idéalisme, de lyrisme et de poésie, popularisée partout par les troubadours et les trouvères, révèle à tous l'âme de la France éprise de « gay sçavoir », de noblesse, de grâce et de beauté.

Au lendemain de l'an mille, le peuple, délivré des terreurs de l'imminence de la fin du monde suivant la légende, appelé par la royauté à la conscience de ses hautes destinées suivant l'histoire, crée l'Art ogival : grandiose symbole des idées et des aspirations nouvelles. Alors, la France tout entière se couvrira de cathédrales et d'églises, de palais et de châteaux, d'une architecture féerique, chefs-d'œuvre d'originalité et de fantaisie, ainsi

que de science et de hardiesse. La foi et l'enthousiasme populaires à ce propos seront tels que la
légende associera les animaux aux hommes dans
les travaux de leur édification.

Mais, dans la seconde moitié du moyen âge,
l'influence de la France commence à décroître en
Allemagne, et elle disparaîtra graduellement, dès
que les idées, les mœurs publiques et privées
entreront chez nous en décadence. Aucun idéal
politique supérieur ne réunit plus dans une action
commune les grands corps de l'État, dissociés par
les compétitions ardentes pour le pouvoir. La notion du patriotisme s'est altérée, et semble même
s'être perdue dans la tourmente des guerres civiles.
La féodalité se laisse entraîner à une déviation
complète des lois et des traditions de l'ancienne
chevalerie, prend des habitudes de luxe efféminé,
des goûts de frivolité barbare, des mœurs qui n'ont
plus rien de l'honnêteté, de la courtoisie, ni de la
gentillesse d'autrefois. La bourgeoisie devient fron-
deuse, irréligieuse, et se délecte des satires violentes contre l'Église et contre les moines, qui ont
abandonné leur œuvre traditionnelle de civilisation
par l'art, par l'industrie et par l'agriculture, pour
s'absorber dans l'apostolat et la prédication contre

les hérésies. L'enseignement des universités se mécanise en des procédés et des formulaires de pure scolastique verbeuse ; et la littérature, hier si fière, si vivante, si originale, qui traduisait, avec tant de verve, d'esprit, et de gaieté, les aspects multiples et variés de l'âme française, se déforme, s'anémie, et dépérit dans le sentimentalisme, le mysticisme, l'afféterie, la bouffonnerie, et le naturalisme le plus grossier.

A la suite de la Guerre de Cent ans, où notre pays, divisé sur lui-même par les factions, est mis à deux doigts de la perte de sa nationalité par l'invasion étrangère, l'Allemagne se dérobe à l'influence de la France, et conquiert son autonomie dans toutes les branches de l'activité nationale. Sa bourgeoisie, hardie, et fière de sa nouvelle opulence, monte rapidement au premier degré de l'échelle sociale. La « Hanse » syndique toutes les cités maritimes et intérieures, qui se livrent au négoce international ; et leur assure les bénéfices énormes d'une puissante solidarité commerciale. Les banquiers de Francfort, d'Augsbourg, de Cologne, les marchands de Hambourg, de Brême, etc., se font les prêteurs à gages des rois, des princes et des grandes municipalités. Le peuple allemand devient le peuple le plus riche du monde, le fournisseur et le maître de tous les marchés de l'univers, même les plus lointains. Et, ainsi, l'Allemagne nouvelle prépare, sûrement, les voies à un Charles-Quint, qui pourra dire avec orgueil que le soleil ne se couche pas sur son empire.

L'Art antique, qui avait le sens profond des symboles et des emblèmes, représentait l'Histoire sous la forme d'un cercle, pittoresquement figuré par un serpent se mordant la queue.

## II

### LA FRANCE ET L'ALLEMAGNE
#### PENDANT LES XVIIᵉ ET XVIIIᵉ SIÈCLES

Mais voici qu'après une longue période de prospérité, de puissance et de gloire, l'Empire germanique est coupé en deux par la Réforme. Les haines religieuses et des insurrections sociales amènent l'intervention armée de l'Étranger, qui se paye par des provinces entières de ses services aux États qui l'ont appelé. L'hégémonie du commerce allemand sombre sous la concurrence nouvelle des Français, des Anglais, des Espagnols, des Portugais et des Hollandais, qu'ont fait naître et qu'ont développée la découverte de l'Amérique et l'ouverture de la route maritime des Indes. Les traités de Westphalie imposent à l'Empire une constitution que l'on a définie bien justement par la qualification « d'anarchie organisée ».

Alors, dans ces circonstances tragiques, l'Allemagne, pour ainsi dire personnifiée dans la Prusse, comprend qu'elle ne peut se sauver d'une ruine irrémédiable que par une énergique, même violente, réaction contre les errements et les fautes du passé. Elle se met résolument à l'école politique, sociale, et économique de la France, que trois grand rois, aidés par de grands ministres, et avec la collaboration d'une pléiade incomparable de capitaines, d'artistes, de philosophes et d'écrivains de génie, viennent de faire la première nation du monde. Pendant tout son règne, le Grand électeur Frédéric-Guillaume, le fondateur de la dynastie des Hohenzollern, « ne cesse de tenir ses « regards fixés sur la Monarchie française dont il sui- « vait, jour par jour, le développement et notait, « avec un souci d'informations bien allemand, les « moindres manifestations d'activité. Tenu au cou- « rant, par les nombreux agents qu'il stipendiait « chez nous, des améliorations de toute nature que

« le génie d'un Colbert, d'un Le Tellier, d'un
« Louvois, d'un Vauban, apportait aux divers ser-
« vices publics, des mesures au moyen desquelles
« ces hommes d'initiative essayaient de porter
« l'agriculture, le commerce, l'industrie, la ma-
« rine et l'armée au plus haut point de perfection
« dans notre pays, il s'empressait, sitôt qu'il avait
« connaissance d'une innovation quelconque, de
« l'appliquer chez lui[1]. »

Aussi, quand la révocation de l'Édit de Nantes
chassera de France des milliers de protestants
qui préfèrent l'exil à l'abjuration, le Grand Électeur s'empressera-t-il de leur offrir en Prusse
l'hospitalité la plus bienveillante, assuré de rece-
voir, en échange, les bénéfices immenses de leur
activité, de leur intelligence, et de leurs talents
divers. L'intérêt le plus positif était ici d'accord
avec la solidarité confessionnelle.

Frédéric II parfait l'œuvre de son ancêtre. Il
appelle à sa cour et dans son royaume le plus possible de Français : des officiers, des administrateurs, des ingénieurs, des architectes, des peintres,
des sculpteurs, des savants, des médecins, des

---

1. Reynaud : *Ibidem.*

académiciens, des industriels, des maîtres de langues, d'escrime, d'équitation, de danse et de maintien, etc., etc. Il se fait envoyer de Paris tous les ouvrages qui paraissent, des pièces de théâtre et des poèmes, en même temps que des manuels de jardinage et des livres de cuisine ; des tableaux, des statues et des groupes des meilleurs peintres et sculpteurs, des tapisseries des Gobelins et de Beauvais, des orfèvreries, des meubles, des bronzes, etc. ; et il en emplit avec délices ses palais et ses châteaux.

A l'exemple de Berlin, toutes les capitales des États confédérés, toutes les grandes villes s'ornent de constructions monumentales, inspirées des palais, des châteaux et des hôtels de chez nous, et bâties par des artistes français, immigrés ou appelés spécialement de Paris. Le rococo allemand est créé par François de Cuvillier, surintendant des Beaux-Arts à la cour de Bavière. Les parcs célèbres de Nymphenbourg, Rastadt, Geybach et Weisenstein sont dessinés sur les plans des jardins de Versailles et de Marly. Dans les académies des Beaux-Arts, fondées à Berlin, Munich et Dresde, les professeurs sont presque tous des artistes français. La musique à la mode est la

musique française ; les danses et les ballets s'im-
portent de France. On s'habille, on se coiffe, on se
chausse sur des modèles envoyés de Versailles et
de Paris ; et, tout comme leurs ancêtres du moyen
âge, les Allemands des xviie et xviiie siècles
apprennent des Français l'étiquette, le bon ton,
les belles manières, les façons élégantes de marcher dans un salon, de danser, de se tenir à table,
de boire et de manger, etc.

Dans toutes les classes de la société, et jusque
dans le peuple, l'on parle français ; notre langue
est la langue de tous ceux qui veulent être au-
dessus du commun. Voyageant en Allemagne,
Voltaire constate qu'on n'y emploie l'allemand
qu avec les soldats et les chevaux.

Un historien allemand [1] écrira à ce propos :

« Nous avons tant de respect pour la langue et
« les belles manières de l'étranger que n'importe
« quel barbier français portait en Allemagne le
« titre de marquis, et que, tandis que le docteur
« allemand marchait de pair avec le cocher, le
« maître français était reçu à la cour et frayait
« avec les altesses d'égal à égal. »

1. Schlosser : *Histoire du XVIIIe siècle.*

Notre littérature seule est répandue, estimée et goûtée ; les écrivains allemands ne vivent guère que de traductions, de copies et d'adaptations d'ouvrages français.

Il ne faut point croire, cependant, que l'Allemagne ait été laissée à sa seule initiative, spontanée et indépendante, dans cette entreprise générale de francisation. Notre diplomatie, aussi habile qu'active, aide puissamment à l'expansion et à l'assise de l'influence française dans tout l'Empire germanique. Il n'est roi, roitelet, prince ou principicule qu'un subside secret ne tienne plus ou moins aux gages de Versailles ; reine, princesse, favorite ou grande intrigante ayant crédit à quelque cour, qui, sous un prétexte ou sous un autre, mais en vue de la gagner à la cause française, ne reçoive, par l'ambassadeur ou par un envoyé spécial, quelques cadeaux d'œuvres des Industries d'art parisiennes, si renommées et si appréciées : meubles, tapisseries, orfèvreries, porcelaines de Vincennes et de Sèvres, etc.

Cette subordination de l'Allemagne vis-à-vis de la France dans tous les domaines, — qu'il ne faut point tenir pour un hommage rendu au génie français, mais bien, et exclusivement, comme l'unique

moyen pour les Allemands de se faire une civilisation vigoureuse, solide, qui s'émancipera ensuite
progressivement pour devenir nationale, — va
durer tant que la France sera elle-même, qu'elle
continuera à vivre de sa vie propre, sans se laisser
pénétrer par des idées, des systèmes, des théories
et des mœurs d'origine étrangère, contraires à son
génie et à ses traditions.

Notre influence décroîtra, et disparaîtra ensuite,
dès que notre Art national, si vivant, si original et
si fécond, commencera à être attaqué par les archéologues et par les philosophes de l'Encyclopé-
die, tout comme notre musique et comme notre
littérature ; lorsque nous nous engouerons des
hommes d'État, des philosophes, des économistes,
etc., allemands, anglais, américains, etc. ; et que
nous laisserons des Grimm, des d'Holbach, des
Walpole, des Mesmer, etc., faire métier chez nous
d'oracles scientifiques, d'arbitres des élégances et
du bon ton, de critiques philosophiques, littéraires
et artistiques, autorisés, adulés et fêtés.

Ce sont là, éloquentes, mais positives, les leçons
de l'Histoire, que nous avons trop souvent ignorées,
sinon méconnues et oubliées, et qui doivent inspirer nos résolutions et nos décisions pour faire la

Guerre artistique de demain contre l'Allemagne avec une organisation nous assurant la victoire.

A ces leçons l'Histoire en ajoute d'autres, qui ne sont ni moins utiles, ni moins opportunes, leçons que résumait ainsi un de nos ennemis les plus acharnés, le prince de Bulow, l'ancien chancelier de l'Empire allemand, dans un livre d'hier, *La Politique allemande* :

« Aucun peuple n'a jamais réparé aussi vite « que les Français les suites d'une catastrophe « nationale, aucun n'a retrouvé avec la même ai- « sance le ressort, la confiance en soi et l'esprit « d'entreprise après de cruels mécomptes et des « défaites qui semblaient écrasantes. Plus d'une « fois, l'Europe crut que la France avait cessé « d'être dangereuse, mais chaque fois la nation « française se redressait devant l'Europe après « un court délai, avec sa vigueur d'antan ou un « accroissement de force. »

# CHAPITRE VII

## *L'ORGANISATION DE LA VICTOIRE*

---

Si, dans la première Guerre artistique, industrielle et commerciale, qu'ils nous ont faite, pendant trente-cinq ans, avant d'en venir à la grande Guerre militaire d'aujourd'hui, destinée à compléter, par la force des armes, l'œuvre de domination universelle, les Allemands ont réussi à nous infliger de cruelles défaites, ils doivent uniquement leurs succès à une organisation parfaite de cette guerre.

J'ai analysé cette organisation ; et j'espère avoir démontré, par des faits irrécusables, les principes sociaux sur lesquels ils l'ont basée solidement : la liberté, l'autonomie, la décentralisation, l'initiative corporative et privée, et l'association ; principes auxquels ont assuré toute leur puissance d'action et de rayonnement les vertus individuelles de l'ordre, de la méthode et de la discipline. Et puis, il y avait au sommet de l'organisation un idéal supérieur, qui coordonnait, dirigeait et exaltait toutes les volontés, toutes les énergies, toutes les initiatives, toutes les audaces, et même tous les enthousiasmes et toutes les fièvres, en vue de l'exécution générale du mot d'ordre patriotique : le « *Deutschland über alles !* L'Allemagne au-dessus de tout ! »

Pendant ce temps, en France, l'organisation de cette guerre est laissée aux hasards d'improvisations hâtives et successives, sans plans d'ensemble, sans principes directeurs, sans argent. On remplace les actes par des discours sonores et vides, par des paroles vaines et inutiles, par des théories aussi subversives qu'incohérentes, lancées par des politiciens qui veulent avant tout épater, par la hardiesse apparente de leurs conceptions, par l'originalité illusoire de leurs idées, une galerie de badauds, de métèques et d'internationalistes. Et, par une analogie saisissante entre l'avant-guerre militaire et l'avant-guerre artistique, l'on raille avec une férocité invraisemblable ceux qui continuent à travailler de leur mieux, en tout désintéressement, à la défense de l'Art national.

Il semblait bien alors qu'une situation aussi périlleuse et un état d'esprit public aussi désorienté nous avaient insensiblement amenés à ce moment psychologique où une nation paraît s'abandonner elle-même, et se réfugier dans un scepticisme fataliste pour y chercher l'oubli de ses fautes et l'insouciance des dangers qui la menacent.

Aujourd'hui, il n'en est plus ainsi : la Guerre militaire a fait à la France une âme nouvelle, toute d'héroïsme, toute d'esprit de sacrifice et toute de discipline morale. Cette guerre a enseigné, par des exemples sublimes, et mis en pratique par une application constante, la vertu de la solidarité, le devoir social de subordonner aux intérêts collectifs et généraux les intérêts privés ; elle a renouvelé grandiosement, chaque jour, chaque minute, cette grave et magnifique leçon de l'Histoire que l'humanité n'a jamais rien enfanté de grand et de durable que dans les épreuves et dans la douleur.

La préparation de la Guerre artistique de demain et l'organisation de la victoire nous trouveront donc prêts à aborder l'étude sérieuse des problèmes, multiples, variés, et complexes, qu'elles soulèvent, résolument virilement, avec des vues, des idées et des sentiments qui ne seront pas ceux d'hier.

Cependant, il serait imprudent de trop escompter une conversion générale ; on aura encore à lutter vigoureusement, inlassablement, contre des

doctrines et des théories sociales et artistique,
extrêmement dangereuses, et très actives, ainsi
que contre des préjugés, publics et individuels,
tenaces et violents, qui feront opposer des résis-
tances d'autant plus énergiques que leur survi-
vance semble devoir être d'ores et déjà la tactique
d'initiative de ceux qui portent tout le poids des
plus lourdes responsabilités dans les revers d'hier,
et qui espèrent ainsi les faire oublier.

N'annonce-t-on pas que tous les projets de préparation et d'organisation de la nouvelle guerre, la
Guerre artistique avec l'Allemagne, vont être présentés, étudiés et exécutés par le Parlement et par
l'État, que rien ne sera fait en dehors de leur
action et de leur contrôle ?

## I

### SUPPRESSION DE LA TUTELLE ARTISTIQUE DE L'ÉTAT

La Tutelle artistique de l'Etat est devenue,
depuis quelques années, un dogme officiel. De quoi
est fait ce dogme ? D'une tradition ? Elle ne pourrait qu'être une tradition monarchique, remontant
à la création de la glorieuse Manufacture royale
des Gobelins, qui travaillait pour les palais, les

châteaux et les maisons de Louis XIV. Des répu-
blicains radicaux socialistes ne sauraient s'accom-
moder d'un pareil précédent ! Jusqu'à la fin du
règne de Napoléon III, le ministère des Beaux-
Arts était encore une prérogative du souverain.
La troisième République en a fait un des fleurons
de sa couronne ministérielle.

. Dans notre régime, essentiellement démocratique, l'État s'est donc arrogé purement et simplement un droit de Tutelle sur les artistes et les
industriels d'art, qui est aussi illégitime qu'arbi-
traire, plus encore néfaste qu'inutile ; ce dont tout
le monde — tuteurs, pupilles et public — a si
parfaitement conscience que le sous-secrétaire
d'État des Beaux-Arts, qui est appelé à l'exercer,
se préoccupera constamment d'en entreprendre la
justification, aussitôt que la moindre occasion vien-
dra à s'en présenter ; et fort soigneusement il dis-
simulera le mot et la chose sous des définitions et
des termes nouveaux.

Le thème invariable des discours, des allocu-
tions et des toasts, prononcés dans les banquets
artistiques, dans les inaugurations de monuments,
de statues ou même de simples bustes, est la proclamation solennelle de la neutralité, complète,

14

parfaite, absolue, de l'État en matière artistique.
L'État n'impose, ni même ne recommande, de
doctrines, de dogmes, de théories. Il n'a pas d'o-
pinions, ni même de simples préférences. Il est
pour toutes les manifestations, pour tous les genres,
pour toutes les écoles, pour tous les groupements.
L'État est pour la Liberté de l'Art !

Or, en cette matière, comme dans toutes les
autres, tous les actes de ceux qui représentent
l'État sont en contradiction, constante et criante,
avec toutes leurs paroles. Vous ne trouveriez pas
un rapport sur le budget des Beaux-Arts, rédigé
par un député, avec l'espérance, sinon la certitude,
de siéger un jour au Palais-Royal comme sous-secrétaire d'État des Beaux-Arts, qui ne contienne les
plus violentes attaques contre l'École nationale
des Beaux-Arts, contre l'Académie des Beaux-
Arts, et contre l'Académie de France à Rome, qui
sont les derniers remparts de la tradition artistique
nationale. L'un de ces candidats en arrive à proposer de substituer à l'enseignement classique
de la grande et célèbre école de la rue Bonaparte
l'enseignement libre des ateliers de Montpar-
nasse et de Montmartre, « où vibre, à l'évocation
« des grands artistes de notre époque (les impres-

« sionnistes), une foule éprise de modernisme,
« une pléiade, chaque jour grandissante, d'artistes
« indépendants, peintres, sculpteurs, architectes,
« graveurs, qui n'ont pas voulu se laisser enliser,
« à la suite des traînards de l'Institut ».

Un autre écrira, en un style qui rappelle celui
des discours prononcés à la Confédération générale
du Travail sur la Lutte de classes, ce manifeste
parlementaire : « L'État doit faire plus. Il a pour
« but de faire passer la Démocratie dans l'Art, et
« de faire comprendre et goûter l'Art par la
« Démocratie. Il faut que l'État universalise le
« goût pour faire pénétrer dans les masses la notion
« et l'émotion de la Beauté, aujourd'hui propriété
« d'une Élite orgueilleuse ! »

Voilà quelle est la neutralité de l'État en
Art, et à l'égard des artistes célèbres qui honorent
le plus notre pays, ainsi que des bourgeois qui
achètent leurs œuvres !

La Tutelle artistique de l'État représente une
des plus effarantes conceptions sociales de ce
temps, qui nous en offre pourtant, à chaque instant,
de bien extraordinaires. Qui en est chargé ? On ne
le sait pas très exactement ! Un sous-secrétaire
d'État qui change avec tous les ministères, et dont

la compétence artistique constitue un phénomène très peu commun de génération spontanée ; des fonctionnaires anonymes, que distingue
surtout la sérénité de l'ignorance et de l'irresponsabilité, qui se feront un jeu amusant des excentricités et des galéjades les plus funambulesques
en patronnant les dernières créations du cubisme
et du futurisme ; de temps à autre quelques personnalités, fort bien en cour, qui opinent du
bonnet pour ne point déplaire au chef du moment.

La Tutelle de l'État en matière d'Art, comme en
toute autre, est mauvaise, désastreuse, uniquement parce qu'elle est la Tutelle de l'État. Cette
tare originelle vicie au plus profond tous les organismes qu'on lui adapte pour la faire fonctionner.

En effet, ce n'est point dans l'enseignement artistique seul que son incurie et sa malfaisance se manifestent. L'enseignement technique et commercial est, de l'aveu même de ceux qui le dirigent [1],
dans une situation aussi lamentable. Plus de 90 %
de la population juvénile se destinant au commerce
et à l'industrie, soit 800.000 jeunes garçons et
jeunes filles sont laissés sans la moindre instruc-

1. Conférence de M. Cohendy, inspecteur régional de
l'Enseignement technique, févricr 1910.

tion professionnelle. Pendant quarante ans, les deux
ministères, qui sont administrativement chargés
de l'assurer, ont passé le plus clair de leur temps
à s'injurier, à se dresser des embûches, à se jouer
les plus mauvais tours, etc., terminant invariable-
ment leurs discours, harangues et conflits homé-
riques par l'apostrophe classique :

La maison est à moi ! C'est à vous d'en sortir !

En un quart de siècle, ni l'État ni le Parlement
n'ont pu arriver à mettre sur pied une loi quelconque de l'apprentissage !

Et, pourtant, il a été fait, en 1901, une grande
enquête par la Direction du Travail auprès des
chambres de commerce, des conseils de prud'-
homme, des syndicats patronaux et ouvriers, et des
associations ouvrières de production, qui a donné
lieu à un rapport où on lit des déclarations de ce
genre : « Dans les industries qui ne forment plus
« d'apprentis, la valeur professionnelle des ouvriers
« décroît, les salaires baissent, les chômages sont
« plus intenses et plus fréquents. Et ces industries
« elles-mêmes vont en périclitant, au fur et à
« mesure que leurs anciens ouvriers disparaissent ;
« faute d'avoir formé des apprentis, elles ne

« recrutent plus qu'à grand'peine la main-d'œuvre
« qualifiée dont elles ont besoin. »

En 1904, le président de la Commission des
valeurs en douanes, M. Picard, disait, avec sa
haute autorité, dans le rapport général au président de la République : « L'apprentissage se meurt
« en France, et sa décadence nous menace d'un
« désastre d'autant plus redoutable que l'industrie
« nationale vit essentiellement d'art, de goût,
« d'adresse, d'intelligente habileté, d'un ensemble
« de qualités ataviques, naguère cultivées avec un
« soin jaloux et transmises de générations en géné-
« rations comme un dépôt sacré. Cette décadence
« atteint du même coup la production et les
« ouvriers eux-mêmes, qui, moins instruits, sont
« plus faciles à remplacer et plus exposés au
« chômage. »

Depuis trente ans, la France a fait l'expérience
complète et décisive de la Tutelle artistique de
l'État ; l'Allemagne a fait la même expérience du
système contraire ; et l'Angleterre aussi. L'antithèse des résultats obtenus ici et là est évidente.
Il s'en suit un dilemme, poignant, cruel, inévi-
table : Ferons-nous l'économie de nouveaux
désastres en en supprimant énergiquement les

causes ? Ou sacrifierons-nous la prospérité et la gloire artistiques de la France au Socialisme d'État, le Moloch des temps modernes ?

A tout prix, il faut briser la Tutelle artistique de l'État. C'est là, avant tout, une Bastille nouvelle à prendre et à démolir !

## II

### LA LIBERTÉ DE L'ENSEIGNEMENT ARTISTIQUE

Les incidents des deux conciles d'art, qui ont inventé successivement des doctrines et des méthodes d'enseignement contradictoires, et que l'État, non moins successivement, a proclamé infaillibles, en les imposant tyranniquement à toutes les écoles pour les Industries d'art, constituent la démonstration la plus convaincante des résultats désastreux, inouïs, invraisemblables, de la Tutelle artistique de l'État.

Ai-je besoin de rappeler les jugements, aussi cruels que justes, sur l'enseignement artistique officiel, qui ont été portés à la tribune de la Chambre des députés ; les appréciations sévères de cet enseignement par les artistes et par les chefs d'industries, par les délégués des municipalités, des

chambres de commerce et des associations syndicales, enregistrées dans les rapports des diverses
commissions d'enquêtes depuis 1881 ?

Quand l'État, en 1910, a remplacé les théories et
les méthodes qui ont fonctionné pendant vingt ans
par de nouvelles, il n'a pas hésité à déclarer que
les premières étaient mauvaises et avaient donné
des résultats pitoyables. Il a ainsi confirmé tout
ce qui avait été dit et écrit de plus vif, de plus
incisif et de plus accablant. Quelles garanties
peut-il nous donner que les secondes seront meilleures et restaureront l'enseignement artistique
officiel en ruines ? Aucunes. On change l'attelage
au milieu du gué tout simplement : ce qui est contraire au conseil donné par la Sagesse des nations.

Là aussi surgit immédiatement à l'esprit le parallélisme entre nos ennemis et nous, parallélisme que suit immédiatement le dilemme non
moins obsédant. En Allemagne, ce sont la liberté de
l'enseignement artistique, l'autonomie complète, et
l'indépendance absolue des institutions créées pour
le distribuer aux Industries d'art, qui ont forgé
l'organisme scolaire formidable que j'ai analysé, et
qu'il serait trop humiliant pour l'amour-propre
national de comparer à celui que nous devons,

depuis près d'un demi-siècle, à la Tutelle artistique de l'État.

Pour sauver la face du Socialisme d'État, allons-nous recommencer une nouvelle expérience de cet enseignement qu'un député de Lyon qualifiait de « barbare », et à qui un autre député, rapporteur du budget des Beaux-Arts, appliquait, légèrement modifié, le mot fameux de la Dubarry : « la France, ton... enseignement f... le camp ! » ?

Il convient d'ajouter que l'Allemagne, en adoptant résolument le principe de la liberté de l'enseignement artistique, en le faisant entrer dans ses lois et dans ses institutions, n'a fait que suivre l'exemple admirable donné par l'Angleterre, depuis l'année 1863, où une commission d'enquête de la Chambre des communes disait, dans une déclaration publique, « que les écoles d'art du royaume « ne devaient compter que sur leurs propres « ressources financières, sur les encouragements « des municipalités et des comités locaux ; qu'elles « devaient se soustraire autant que possible au « contrôle du gouvernement, et travailler suivant « les désidérata formulés par l'industrie et le « commerce de chaque ville. »

Les résultats obtenus ici et là prouvent que le

régime de la liberté de l'enseignement artistique est
encore tout ce que l'on a trouvé de mieux pour
assurer le développement, les progrès, et la prospérité de l'Art et des Industries d'art ; et le régime
de la Tutelle artistique de l'État, tout ce que l'on a
pu imaginer de pire.

La liberté de l'enseignement artistique est la
base de l'organisation de la victoire dans la Guerre
artistique de demain, parce qu'elle est la liberté de
l'initiative, de la volonté, de l'énergie, de la ténacité, de l'ardeur et de la foi, dans une des branches
de l'activité nationale où la pratique de ces vertus
est indispensable pour vaincre nos ennemis.

### III

#### L'AUTONOMIE ADMINISTRATIVE DES INSTITUTIONS
#### D'ENSEIGNEMENT ARTISTIQUE

Dans toutes les enquêtes sur la situation des Industries d'art, depuis 1881, soit depuis les premières
années du régime de l'enseignement artistique
officiel, les représentants de ces industries n'ont
cessé de déclarer nettement que cet enseignement
était incapable de leur fournir régulièrement les
artistes et les ouvriers dont ils avaient besoin. Il

n'y a pas à contester ces déclarations ; en les édulcorant, en les atténuant de fonds et de forme, en en supprimant même un certain nombre dans les rapports officiels, l'État lui-même les authentiquait.

Par conséquent, les institutions qui donnent cet enseignement doivent être radicalement réorganisées, dans leurs méthodes, dans leurs programmes et dans leurs règlements.

En cette circonstance, l'État, le Parlement et les municipalités n'ont qu'un rôle : voter et répartir les crédits nécessaires pour le fonctionnement financier et matériel de ces institutions. Les méthodes, les programmes et les règlements ne sont point de leur compétence ; ils reviennent, en toute logique, aux représentants de ces industries, qui savent mieux que personne quels sont les intérêts et les besoins à satisfaire, et qui, par conséquent, doivent avoir en cela toute autorité et toute responsabilité, sans aucune restriction.

En Allemagne, les écoles pour les Industries d'art sont exclusivement dirigées et administrées ainsi. Et, ce n'est point par un simple effet de la complaisance et de la bonne volonté des Pouvoirs publics, mais bien en vertu des lois formelles des États ou de l'Empire.

En France, les incessants et violents démêlés entre l'État et les chefs des Industries d'art à ce propos prouvent combien nous sommes loin de telles idées administratives, qui, pourtant, semblent inspirées par le simple bon sens.

On a vu, plus haut, combien le régime de l'autonomie et de la décentralisation a été fécond pour l'Allemagne ; il ne l'a pas été moins pour l'Angleterre, où l'État et le Parlement l'ont toujours considéré comme absolument indispensable pour assurer les progrès et la prospérité des institutions d'enseignement artistique.

Si la constitution politique de l'Empire n'y avait fait obstacle, certainement l'Allemagne ne se serait pas contentée de faire cet emprunt à l'Angleterre ; elle en aurait adopté avec empressement l'admirable autant que pratique système de la répartition des crédits votés par le Parlement anglais pour l'enseignement artistique ; système dont la dénomination « Payements sur résultats » définit très bien le principe : résultats constatés par des concours nationaux, par des inspections intermittentes, et par les rapports des autorités scolaires, soit des comités de direction et d'administration.

Annuellement, le Parlement vote plus d'un million de francs de subventions à l'enseignement artistique. Les gagne qui peut, à la force du poignet, entre les deux millions et demi d'élèves des 22.000 écoles d'art du Royaume-Uni [1] ! Pas de recommandations politiques possibles ! Pas d'influences électorales ! Pas de casse ni de séné !

Les administrateurs des écoles prennent ces concours pour bases des encouragements accordés aux directeurs et professeurs ; et ils s'en servent comme éléments d'observations et de critiques pour modifier les méthodes, les programmes et les règlements. Souvent des institutions ont été radicalement transformées à la suite d'échecs réitérés, démontrant leurs défectuosités d'organisation et de fonctionnement.

Ce système de répartition de subventions variables d'après les résultats acquis n'est-il pas, par excellence, un système puissamment générateur d'émulation, d'initiative, d'action et de progrès ? Alors que le système des subventions fixes est bien plutôt le « mol oreiller » administratif, sur lequel s'endorment délicieusement les directeurs et professeurs, dont la consigne générale officielle

1. En France, les subventions accordées aux Écoles d'art départementales et municipales s'élèvent à 140.000 fr. !

est de ne pas attirer à l'école des affaires par trop d'initiative, de zèle et d'entrain.

Le payement de subventions sur résultats a été trouvé si pratique et si fécond qu'on l'emploie un peu partout. Ainsi le « City and Guilds of London Institute », qui consacre annuellement près de 400.000 francs en encouragements financiers à plus de 500 écoles industrielles et artistiques, organise, pour la répartition de ces encouragements, des concours nationaux, à l'imitation de ceux qu'on a créés pour les écoles d'art.

Le rêve de la « sécularisation » des institutions d'enseignement pour les Industries d'art |se réalisera immédiatement, si les nombreux chefs d'industries, artistes et ouvriers d'art, qui ont vécu dans les tranchées d'une vie si intense d'énergie, de ténacité, d'audace et de volonté, rapportent dans leurs ateliers ces vertus précieuses, mais non rares aujourd'hui, indispensables pour venir demain à bout des résistances de bureaucrates et de parlementaires qui, à l'exemple des émigrés de la Révolution, n'ont rien appris, mais n'ont rien oublié ! Qu'ils revendiquent, avec fermeté, auprès du Gouvernement et du Parlement, par les chambres de commerce, par les chambres syndicales et par les associations dont ils font partie, le droit d'administrer et de diriger ces institutions ; qu'à la force d'inertie ils opposent inlassablement la force d'activité : ils obtiendront bien vite ce qu'ils auront su, ainsi, imposer.

## IV

### LE MUSÉE NATIONAL DES ARTS DÉCORATIFS

Il n'en est pas différemment du Musée, autre organisme d'enseignement artistique pour les Industries d'art, complément de celui de l'École. Dans toutes les enquêtes successives organisées sur la situation de ces industries, les chambres de commerce, les chambres syndicales, patronales et ouvrières, les associations artistiques ont unanimement réclamé la création d'urgence d'un musée artistique et industriel dans chaque grand centre de France.

En 1912, à la suite de sa mission officielle à Dresde, le chef de la Division de l'enseignement au ministère des Beaux-Arts, écrivait dans son rapport officiel : « Il est désirable qu'à côté de nos « grandes écoles d'art décoratif régionales il existe « des musées d'art appliqué. » Le principe de la nécessité des musées pour les Industries d'art est donc aujourd'hui incontesté.

Or, demain, le Musée national des arts décoratifs peut être organisé le plus aisément du monde; et son organisation entraînera logiquement celle des musées régionaux, unanimement réclamée.

Lorsque l'Union centrale des arts décoratifs a traité, en 1901, avec l'État, pour la concession du pavillon de Marsan au Louvre, il a été stipulé que le Musée des arts décoratifs fera retour à l'État au bout de quinze ans. L'échéance arrive donc cette année. D'ores et déjà, avant la guerre, des négociations ont été ouvertes pour la faire proroger ; et l'Union centrale des arts décoratifs compte bien sur l'habileté parlementaire de son président, un député influent, pour l'obtenir sans aucune difficulté.

Deux solutions sont à prévoir. Ou l'État, se trouvant en présence d'une administration privée importante, qui comprend de nombreux fonctionnaires et employés, s'empressera de l'accaparer, afin d'en faire de nouvelles prébendes. Ce serait évidemment tomber de Charybde en Scylla. Ou l'État, sur la suggestion éloquente du haut personnage politique qu'est le président de la société, fera avec elle un nouveau bail, sans conditions

nouvelles. Alors, le Musée des arts décoratifs conti-
nuéra sa vie pleine de tranquillité, de béatitude et
d'agréments, mais sans aucune utilité pour le pays.
On y fera, comme par le passé, d'aimables et mon-
daines expositions de bibelots artistiques, tant
anciens que modernes, tant exotiques que parisiens
et provinciaux ; des conférences pittoresques et
originales ; des concours d'ouvrages de dames, etc. [1].

Il y aurait donc une opportunité évidente, en ce
moment, pour des représentants des Industries
d'art, pour des délégués des chambres de commerce, des chambres syndicales et des associations

1. Pendant la Guerre, l'Union centrale des arts décoratifs a organisé une Exposition du Jouet, qui est bien le
témoignage le plus expressif de la persistance du caractère
essentiellement mondain de toutes ses entreprises. Il y
avait, dans cette exposition, surtout des bibelots de
poupées, exécutés par des dames du monde et des artistes
à la mode. Le critique d'art du *Temps*, M. Thiébault-
Sisson, écrivait à ce propos :

« Ces travaux se vendront fort cher, mais ils ne serviront
« que peu ou point à l'enfance. Ils ne renouvelleront pas
« l'industrie du jouet, ils ne feront pas campagne contre le
« Boche, ils ne supplanteront pas, dans les petits ménages
« modestes, le jouet bon marché dont l'Allemagne inon-
« dait, depuis dix ans et plus, toute la terre, — et c'est
« pourquoi les gens qui réfléchissent donneront la préfé-
« rence, dans cette exposition, à tout ce qui est capable
« d'indiquer à nos fabricants une voie neuve, à stimuler
« leur initiative et à dégourdir, une fois pour toutes, leur
« cerveau. »

15

artistiques, à reprendre la campagne du Congrès des
arts décoratifs de 1894, en vue de la transformation
du musée de l'Union centrale en un véritable South
Kensington Museum ; campagne qui n'échoua que
par l'incurie apportée par l'État, — qui s'était pourtant porté garant de la sincérité des promesses et
des engagements de l'Union centrale des arts décoratifs, — à en exiger l'exécution dans l'intérêt du
pays. Cette campagne consisterait à demander à
l'État l'insertion, dans le nouveau bail à signer, du
programme et du règlement du South Kensington
Museum de Londres, qui ont inspiré toute l'organisation du Musée impérial des arts décoratifs de
Berlin.

Le South Kensington Museum, ai-je besoin de le
rappeler, est un musée universel pour les Industries
d'art anglaises. Il contient d'immenses collections
d'œuvres d'art de tous genres, de tous pays, et de
toutes époques, « montrant le plus haut degré de
perfection atteint quant à la matière, à la main-
d'œuvre et à la décoration ».

Au musée est annexée une bibliothèque de plus
de 100.000 volumes concernant exclusivement
l'Art et les Industries d'art.

Tout musée, toute école, toute municipalité, toute
association, de n'importe quelle partie du royaume,

a le droit de s'adresser à ce musée pour une coopération en œuvres d'art et en ouvrages, qui ne peut jamais être refusée. Toute institution, publique ou privée, poursuivant le développement des Industries d'art, doit être encouragée et aidée, financièrement et intellectuellement, par le musée. Toute exposition d'art qui s'organise quelque part peut faire appel au musée pour augmenter son importance et son intérêt.

Pour ce service, dit de la Circulation, le musée reçoit un budget annuel spécial de plus de 300.000 francs ! !

D'après la dernière statistique officielle que j'ai sous les yeux, le chiffre des œuvres d'art prêtées annuellement s'élève à environ 40.000, et les institutions auxquelles le musée vient ainsi en aide sont au nombre de 400 ! Les services que rend au pays le South Kensington Museum sont tels que le Parlement n'hésite pas à lui consacrer des crédits énormes en temps normal, et accepte sans discussion les demandes exceptionnelles d'argent qui lui sont adressées par le Gouvernement. Le budget annuel est de plus de 700.000 francs [1]. En 1898,

1. Ce budget général et celui de la Circulation dépassent ce que la France consacre à tous ses musées nationaux !

à la suite d'une grande enquête sur l'institution, il fut décidé de tripler la superficie des édifices par la construction de nouveaux bâtiments, dont le devis s'est élevé à 20 millions de francs. Gens pratiques, les Anglais estiment que l'argent dépensé ainsi est de l'argent bien placé.

Le lendemain du jour où sera constitué le véritable Musée national des arts décoratifs, sur l'initiative de ceux qui le dirigeront, pour peu qu'ils aient la passion du développement de nos Industries d'art, il en surgira, dans tous les grands centres industriels, d'autres, organisés à neuf ou d'anciens réorganisés radicalement, qui ne tarderont pas à prospérer et à rendre les plus grands services.

Toutes les indécisions, toutes les hésitations, toutes les timidités, et aussi toutes les routines doivent disparaître devant ce fait que les Allemands ont créé depuis un quart de siècle le formidable organisme de 37 musées d'Industries d'art, et qu'ils lui donnent chaque année plus de développement et plus d'importance, parce qu'ils ont fait l'expérience, confirmée d'année en année, que ce sont là vraiment leurs arsenaux de la Guerre artis-

---

Quant aux autres musées nationaux anglais, le Parlement leur alloue annuellement près de 6 millions !

tique pour l'armement perfectionné des armées formées par leurs nombreuses écoles d'art.

Voulons-nous, par incurie, par inconscience ou par scepticisme, nous laisser écraser de nouveau sous le choc irrésistible d'une Organisation de beaucoup supérieure à la nôtre, dans la Guerre artistique de demain ? En ne rien faisant, hier, pour nous armer, malgré les avertissements donnés, pendant un quart de siècle, par tous ceux qui étaient allés voir en Allemagne ce qui s'y préparait contre nous, l'État a économisé quelques millions sans aucun doute ; mais nos échecs successifs nous ont coûté plusieurs milliards ! Le calcul était donc mauvais. Le recommencerons-nous ? Toute la question est là !

## V

### LES ASSOCIATIONS POUR LES INDUSTRIES D'ART

Quand les institutions d'enseignement artistique pour les Industries d'art auront été remises par l'État, pour être dirigées et administrées par elles, aux chambres de commerce, aux chambres syndicales de ces industries et aux sociétés artistiques.

Quand le Musée national des arts décoratifs aura

été organisé, avec la mission d'apporter à toutes ces institutions, ainsi qu'aux musées régionaux et locaux, la coopération de ses richesses artistiques pour les faire servir au développement et à la propagande des Industries d'art ; avec l'appui de ses conseils et de ses encouragements en vue de compléter et perfectionner leurs outillages artistiques et techniques :

Le principe de l'Association sera instantanément remis en grand honneur partout ; et il recevra des applications aussi pratiques et aussi originales que multiples et variées.

Les artistes et les ouvriers d'art, les chefs d'industries, et les chefs des commerces qui s'y rattachent, s'agrégeront instinctivement, et autant par amour-propre que par intérêt, autour d'institutions sérieuses, rendant des services positifs, et dont les directeurs et les professeurs seront constamment en contact intime avec eux, échangeant mutuellement, les uns et les autres, en toute confiance et en toute cordialité, idées, vues, projets, conseils et encouragements.

Et, ainsi, se réalisera cette belle pensée de L. de Laborde : « Quand l'art n'est que le luxe d'une « nation, il se ressent du caractère superficiel et

« conventionnel de tous les luxes. Quand il satis-
« fait des besoins religieux ou civils, domestiques
« ou militaires, il acquiert une physionomie, il
« prend une consistance, un aplomb, une fermeté
« qui n'est pas le moindre caractère de sa beauté. »
Toutes les institutions qui auront pour but la propagation de cet art attireront irrésistiblement à
elles tous ceux qui ont à cœur d'aider à la prospérité et à la gloire artistiques du pays, mais qui ne
veulent point perdre leur temps ni leur argent
dans des groupements sans but sérieux, sans programmes d'une parfaite netteté d'objectifs, où l'on
se contente de vains discours et conversations
sur l'art.

Les chambres syndicales d'Industries d'art provinciales qui végètent, ne pouvant offrir à leurs
adhérents, en échange d'une cotisation minime par
suite de leur petit nombre, que des avantages très
restreints ; qui n'ont, pour résister à la concurrence
allemande puissamment outillée de moyens d'action et d'expansion, aucune source de renseignements artistiques, techniques et commerciaux,
leur permettant de se tenir au courant de la
production de nos ennemis ; recevront, de cette
coopération du Musée national des arts décoratifs,

institution à la fois d'enseignement et de propagande, un essor, par conséquent une prospérité,
dont les heureuses conséquences se produiront
instantanément.

Les Bourses du Travail des départements, dans
lesquelles, au cours de mes missions d'enquêtes,
j'ai constaté tant d'ambition et de bonne volonté
pour faire donner aux ouvriers des notions d'art
et de science, afin de les élever dans leurs métiers,
mais aussi tant de difficultés matérielles dans la
réalisation de leurs projets, faute d'argent pour
acquérir documents, modèles et livres d'études,
trouveront là tout ce qui leur sera nécessaire ; et,
par la décoration facile de leurs salles de réunion,
s'initieront au goût des belles choses, et commen-
ceront à se faire une certaine éducation artistique.

Ne peut-on même espérer voir prochainement
fleurir en France pour les Industries d'art quelque
grande institution dans le genre du Touring Club
de France ? L'Art, avec toutes ses applications
multiples et diverses, avec toutes ses ramifications
dans tous les domaines de la vie publique, et de la
vie familiale, n'est-il pas un champ d'action et de
propagande, de dévouement patriotique et d'énergie nationale, aussi vaste et aussi fertile que
le Tourisme ?

En un quart de siècle, les fondateurs du Touring Club de France, parce qu'ils savaient ce qu'ils voulaient faire, et qu'ils le voulaient bien, parce qu'ils s'y sont consacrés corps et âme, n'ayant en vue que de « servir » le pays, ont réussi à grouper, autour d'une idée bien française, d'un programme bien défini et de clarté saisissante, 130,000 adhérents, qui lui assurent une rente annuelle de 650,000 francs. Et, ainsi, ils ont fait du Tourisme une des formes les plus originales, les plus pittoresques, et les plus séduisantes de l'activité nationale. A ce beau programme initial : le développement du Tourisme en France, ils ont, progressivement, avec méthode, par une succession ininterrompue d'initiatives nouvelles, originales, hardies, ingénieuses, et même souvent imprévues, donné l'ampleur grandiose et superbe d'une véritable protection nationale des beautés artistiques et naturelles de la France, mises en valeur par les touristes eux-mêmes. Éduqués, instruits à l'école de la mutualité pour ainsi dire, et conscients de leur noble mission de solidarité sociale, de leurs droits et de leurs devoirs de bons citoyens, et tout en étant très respectueux de l'autorité, — mais non de la routine des pouvoirs publics, — les « Tecéfistes » français se montrent, en toutes circonstances, énergiquement résolus à les défendre contre tous les préjugés, toutes les ignorances et toutes les mauvaises volontés, officielles, collectives et privées.

## VI

### UNE SEULE SOCIÉTÉ DES ARTISTES FRANÇAIS
### UN SEUL SALON NATIONAL

Dans l'organisation de la victoire, la Société des artistes français, dont il a été question plus haut, doit jouer un grand rôle ; mais elle ne pourra le jouer qu'à la condition préalable d'avoir donné l'exemple de l'application du grand principe social : « l'Union fait la Force ».

De toute nécessité, il faut en revenir à :

1° Une seule Société des artistes français ;

2° Un seul Salon national, annuel, le Salon qui continue, sans interruption, la tradition de l'Art français, le Salon créé en 1673 par Colbert, sur l'ordre de Louis XIV, pour régulariser et anoblir les populaires exhibitions de tableaux sur le Pont neuf, et sur les quais de la Cité, pendant la semaine de Pâques.

Le public qui a plus d'esprit que Voltaire, de

bon sens pratique que le bonhomme Franklin, et d'imagination que Chateaubriand, ne saisit ni ne comprend les causes de la division actuelle entre les artistes français, qui a engendré tant de sociétés rivales, tant de salons et d'expositions, auxquels l'État distribue, avec empressement, la maigre sportule de ses discours, de ses félicitations, de ses encouragements, et de ses achats. Il en est tourneboulé, ahuri, énervé et assommé ; et il n'hésite pas à en manifester très hautement sa mauvaise humeur et son mécontentement. Et le public a parfaitement raison.

Serait-ce une question, infiniment grave, et primordiale, de divergences de doctrines et de tendances artistiques qui prolonge ce singulier divorce ? Nullement. A la Société nationale des Beaux-Arts, aujourd'hui, il y a autant de membres de l'Institut qu'à la Société des artistes français ; et les académisables, présents et futurs, ne sont pas plus nombreux ici que là.

Les salons annuels organisés par la Société des artistes français et par la Société nationale des Beaux-Arts se ressemblent aujourd'hui de physionomies et de caractères à tel point que la critique déclare unanimement qu'il n'y a plus entre eux la moindre différence d'esthétiques et de techniques, que la plupart des tableaux pourraient être exposés aussi bien à l'est qu'à l'ouest du Grand Palais. C'est pour cette raison que les artistes, jeunes ou vieux, qui se piquent de marcher à l'avant-garde de l'Art, d'être d'audacieux et intransigeants novateurs, se sont empressés, depuis quelques années, de fausser compagnie à leurs anciens camarades, qu'ils traitent avec mépris de « pompiers », et de « réactionnaires ».

La constitution organique des deux salons serait-elle si différente qu'il en résulte une impossibilité de fusion ? Le premier président de la section de sculpture de la Société nationale des Beaux-Arts disait, un jour, à ses collègues à propos de la question des récompenses de la Société des artistes français, qui a été un des motifs apparents de la sécession : « Il est à craindre que « le public ne voie en ces élections aux divers « grades de sociétariat un équivalent aux « médailles décernées chaque année, à la même « date, par la Société des artistes français, et « dont notre société a décidé la suppression. »

Et Dalou était dans le vrai : sa supposition est une réalité ; et, à franchement le dire, le public

qui fréquente les deux salons ne comprend absolument rien à toutes ces chinoiseries-là.

Il y a vingt ans, un incident prouva combien le
public accueillerait avec plaisir la nouvelle d'une
réconciliation entre les deux sociétés rivales, et
en témoignerait hautement sa satisfaction.

Quand on démolit, en 1897, simultanément le
Palais de l'Industrie aux Champs-Élysées, qui
hospitalisait la Société des artistes français, et le
pavillon Formigé au Champ de Mars concédé à
la Société nationale des Beaux-Arts, les deux
associations se trouvèrent sur le pavé. Le ministre
du Commerce leur offrit de les installer dans la
Galerie des machines du Champ de Mars, côte à
côte et à frais communs. « Ce sera une chambre à
deux lits pour divorcés : » leur dit-il malicieuse-
ment, avec l'arrière-pensée charmante que cette
cohabitation forcée pourrait amener un rappro-
chement définitif.

Charmé de l'apparence de réconciliation entre
tous les artistes français, le public fit fête au salon
collectif, et y vint en foule malgré l'éloignement.
Les recettes donnèrent un bénéfice important
alors que les organisateurs et le ministre lui-
même s'attendaient à un déficit considérable !

De ce succès commun vint l'idée d'une fusion des deux sociétés ; les négociations étaient sur le point d'aboutir, lorsqu'une misérable question d'argent vint tout rompre : la Société nationale des Beaux-Arts avait des dettes que la Société des artistes français ne voulut point reconnaître. S'il se fut trouvé à point un mécène pour les payer, la fusion des deux associations était chose faite.

Alors, au lendemain de l'Exposition universelle de 1900, quand le public vit réapparaître les deux salons, il manifesta avec netteté son mécontentement ; les recettes baissèrent subitement dans l'un et l'autre ; et depuis, elles n'ont pas remonté. La Société des artistes français, elle seule, a perdu, de ce fait, plus d'un million et demi qui lui auraient permis de soulager bien des misères !

La Guerre artistique de demain avec l'Allemagne sera acharnée et terrible. Les Allemands ont une organisation spéciale des Beaux-Arts qui est prodigieuse. Lors de ma dernière mission chez eux, — il y a déjà longtemps ! — leurs « Kunstvereins » étaient au nombre de 103 ; et ces sociétés réunissaient 65.904 artistes et amateurs ! Sans aucun doute, dans ces dernières années, ces chiffres ont dû tripler, sinon quadrupler. Suivant l'usage, ces sociétés sont fédérées entre elles ; en conséquence, elles se rendent de mutuels services, infiniment précieux, de propagande et surtout de renseignements. Demain, la nécessité les rendra encore plus actives, plus hardies, plus ingénieuses dans la recherche des moyens, pratiques et rapides, de trouver à leurs membres une clientèle dans les pays neutres, pour remplacer celle qu'ils auront perdue dans les pays ennemis. Les expositions artistiques vont se multiplier dans des conditions nouvelles de concurrence et de publicité. Nous laisserons-nous devancer par les Allemands ? Attendrons-nous qu'ils aient pris la place qu'avec de l'initiative, de l'activité, et de l'énergie, alliées à notre bonne grâce naturelle, à notre tact et à notre esprit, nous pourrions immédiatement conquérir ?

L'organisation de la participation française aux Expositions internationales de Vienne, Londres, Buenos-Aires, Santiago de Chili, et Anvers, dans ces dernières années, a réuni fraternellement les comités de la Société des artistes français et de la Société nationale des Beaux-Arts ; et cette entente, vraiment cordiale, a donné les meilleurs résultats.

Combien ils seront plus grands encore, et d'un irrésistible effet à l'étranger, le jour où cette entente sera convertie en fusion intime et complète. Il semble que les présentes circonstances, où l'Union sacrée a fait des miracles, doivent rendre non seulement faciles, mais cordiales et affectueuses, toutes démarches réciproques ayant pour but de mettre fin à l'apparence même d'un dissentiment, qui, demain, paraîtrait à tout le monde un phénomène inouï, appartenant à un autre temps, à d'autres sentiments, et à d'autres mœurs, définitivement disparus.

Il n'y a plus, aujourd'hui, une seule raison, valable, de perpétuer une sécession, dont les conséquences désastreuses apparaissent, avec une évidence frappante.

Les questions d'amour-propre collectif et d'intérêt personnel ne sauraient tenir, un instant, à la réflexion, contre les dangers imminents d'une concurrence allemande, puissamment organisée et outillée, qui ne désarmera pas, mais se fortifiera de toute la nécessité de lutter avec plus d'énergie et de ténacité que jamais pour nous vaincre : car c'est une question pour elle de vie ou de mort.

Au contraire, les raisons de fusionner, de recons-

tituer une société unique sont nombreuses, et
d'égale valeur.

La Société des artistes français, unifiés pour
nous servir d'une expression bien exacte dont
la justesse ne saurait être diminuée par le mauvais
emploi que l'on en a fait en matière socialiste, se
voit assigner, par la force des circonstances, une
mission encore plus vaste que celle de l'organisation du Salon annuel. Elle a terminé, dans cette
organisation, son apprentissage d'activité, d'énergie, et de science administrative ; et cet apprentissage est complet, personne ne saurait rien
trouver à y redire. Ce qu'elle a si bien fait pour
Paris est à faire désormais ailleurs, dans les
départements et à l'étranger, avec le même but : la
défense et la propagation de l'Art français, et
avec la même méthode d'ordre et de dévouement
corporatif inlassable.

Cette extension d'action et d'influence est si
logique, qu'elle la considère d'ores et déjà comme
un devoir statutaire. Dans le rapport sur les travaux du Comité en 1913, on lit cette déclaration :
« La Société des artistes français ne doit pas
« restreindre son action à la gestion de ses
« affaires personnelles. Sa fonction, plus large,

16

« lui commande de l'étendre à tout ce qui intéresse
« l'Art. »

Combien ce champ d'action et de propagande
est vaste et superbe ! Quelles belles et abondantes
moissons il réserve à ceux qui voudront l'ense-
mencer, avec la ferme volonté de n'y laisser
jamais pousser la moindre ivraie, et, quand elle
apparaîtra, de l'extirper énergiquement :

Des expositions à l'étranger où l'Art national
français brillera de tout son éclat, et qui met-
tront fin à ces exhibitions mercantiles, déshono-
rantes pour notre pays, parce que leurs éléments
constitutifs ne sont que de fausses représentations
de notre génie artistique ;

Des expositions dans les départements, qui
feront connaître à la France tout entière les productions de nos artistes fidèles aux traditions
léguées par les maîtres du passé, et par lesquelles se continue, ininterrompue, la filiation
directe des qualités innées de la race : la clarté,
la simplicité, la mesure, l'originalité et la fantaisie ; expositions vraiment nationales qui amè-
neront logiquement la résurrection instantanée
des admirables sociétés artistiques provinciales
d'autrefois, dont les membres, passionnément

dévoués à la cause de l'éducation artistique, enrichissaient le musée de leur ville d'œuvres de tout premier ordre ; alors qu'aujourd'hui le plus grand nombre des sociétés dites de Beaux-Arts ne sont que de vulgaires cagnottes, achetant sur le fonds commun quelques tableaux médiocres qu'on tire ensuite en loteries.

L'organisation des expositions artistiques à l'étranger et dans les départements incombe aux artistes eux-mêmes, tout naturellement, pour les mêmes raisons qui leur ont fait remettre en 1883 par l'État l'organisation du Salon annuel ; et l'on ne saurait admettre que l'État cherche aujourd'hui, par tous les moyens possibles, même les plus blâmables, à la leur enlever.

Les essais qu'il a faits lui-même de ces entreprises officielles ont donné, jusqu'ici, les plus navrants résultats à tous les points de vue. Non seulement, l'Art national français y a été fort souvent compromis ; mais ils ont coûté cher aux contribuables, sans aucune compensation quelconque pour les participants.

Ce n'est point la besogne, ni le rôle, ni la mission de l'État de faire des expositions artistiques ; il n'en a ni la compétence, ni l'expérience, et moins encore l'autorité, ni l'exclusivité puisqu'il suffirait d'un simple boycottage par les artistes pour qu'il ne puisse matériellement les organiser.

La théorie de la Tutelle artistique de l'État, basée sur la protection égale due par lui à toutes les écoles d'art, les plus excentriques, les plus audacieuses et les plus folles, doit aller désormais rejoindre les vieilles théories démodées : c'est de la pure et simple rhétorique administrative, destinée à donner le change sur des préoccupations beaucoup plus positives et plus matérielles : celles de défendre une bureaucratie spéciale, menacée dans ses privilèges et dans ses intérêts.

Dans les circonstances actuelles, qui ont engendré tant de deuils, tant de misères, tant de souffrances, et tant de douleurs, la fraternité artistique s'est manifestée d'une manière sublime, à la fois active et ingénieuse, tenace et énergique, pleine de délicatesse, de tendresse, et de simplicité, charmantes et émouvantes. Elle doit survivre à la Guerre ; et, continuant son œuvre féconde en initiatives hardies, assurer aux artistes, par la pratique d'une mutualité incessante de services professionnels et corporatifs, cette vie d'aisance, de tranquillité, et de confiance dans l'avenir, qui est si nécessaire pour enfanter de belles œuvres, solides et durables.

Nos grands peintres et nos grands sculpteurs sont descendus de leur tour d'ivoire pour tendre une main secourable aux veuves, aux orphelins, et aux vieux parents de leurs camarades tombés sur les champs de bataille ; qu'ils n'y remontent plus. Dans la Guerre artistique de demain avec l'Allemagne, ce ne sera pas trop de tous les dévouements et de toutes les énergies d'aujourd'hui pour l'organisation de la victoire nouvelle, qu'on n'obtiendra que par la continuation de l'Union sacrée, soit la fusion, intime et parfaite, de toutes les sociétés d'artistes en une seule et unique association, grande, forte, et puissante, fièrement consciente et souverainement maîtresse de ses hautes et glorieuses destinées.

# POSTFACE

---

*Les propositions et suggestions relatives à l'orga-*
*nisation de la victoire dans la Guerre artistique*
*de demain avec l'Allemagne, que l'auteur de ce*
*livre a estimé un devoir patriotique de soumettre à*
*ceux qui vont préparer et faire cette guerre, peuvent*
*se résumer sommairement en quelques lignes :*

*A toute force, à tout prix, si immenses que*
*doivent être les dépenses publiques, et considé-*
*rables les sacrifices privés, quelque travail prodi-*
*gieux il y ait à accomplir, — travail d'Hercule*
*nettoyant les écuries d'Augias —, il nous faut être*
*en mesure, le plus tôt possible, d'opposer à l'Organi-*
*sation allemande, dont on ne saurait, sans être*
*coupable d'ignorance, méconnaître ou contester la*
*perfection et la puissance, une Organisation fran-*
*çaise supérieure tout au moins égale, une Organ-*
*sation qui soit vraiment, sous tous les rapports, de*
*caractère militaire, en considération de toutes les*
*vertus et qualités de même ordre qu'elle exige*
*pour que nous soyons vainqueurs de nos ennemis.*

*On ne saurait trop le répéter : la lutte écono-*
*mique future avec l'Allemagne sera, plus encore*
*que celle d'hier, une véritable guerre.* « *L'Alle-*
« *magne industrielle et commerçante, a dit fort jus-*
« *tement le président de la Conférence parlemen-*
« *taire internationale du commerce, M. Chaumet, à*
« *la séance d'inauguration, n'est point différente de*
« *l'Allemagne militaire. Elles ne font qu'une seule et*
« *même Allemagne, toujours agressive et visant à la*
« *domination du monde. Le négociant allemand est*
« *partout un agent politique. Il ne travaille pas seu-*
« *lement pour s'enrichir. Il veut l'Allemagne au-*
« *dessus de tout. Pour arriver à ces fins, tous les*
« *moyens lui sont bons, mêmes les pires. A la concur-*
« *rence loyale, il a trop souvent substitué la fraude,*
« *les artifices grossiers qui attirent, pour un temps,*
« *la clientèle, et même, en certains pays, les procé-*
« *dés de corruption, d'intimidation, de chantage.*

« *Lorsque nous aurons brisé le militarisme prus-*
« *sien, allons-nous continuer à être les victimes rési-*
« *gnées de ce que j'appellerai le militarisme com-*
« *mercial de l'Allemagne? Si notre aveuglement y*
« *consentait, nous nous préparerions un terrible*
« *réveil. L'hégémonie économique de l'Allemagne*
« *entraînerait fatalement la restauration de sa*
« *puissance militaire.* »
*Toute indécision, tout atermoiement, toute*

*veulerie dans nos préparatifs de guerre, ainsi que toute routine et toute fantaisie, auraient les plus désastreuses conséquences ; alors que l'unité de direction, la coordination des efforts, la rapidité des mouvements, la méthode et la discipline dans l'exécution des décisions viriles, prises en commun, seront des conditions et des gages de succès.*

*Il ne peut plus être question professionnellement, désormais, de concurrence, de rivalité, et d'antagonisme entre artistes, entre ouvriers d'art, entre chefs d'industrie, mais uniquement de solidarité d'idéals et de buts, de mutualité de services, et de réciprocité de confiance et d'estime.*

*Les dissensions politiques et sociales, les compétitions pour le pouvoir, la lutte des classes constitueraient un péril national.*

*En un mot, l'Union sacrée doit survivre à la Guerre militaire d'aujourd'hui, et continuer à maintenir hauts et fermes les cœurs et les âmes dans la Guerre artistique de demain.*

*Tous les renseignements qui nous parviennent d'Allemagne par la voie des neutres ou par celle des journaux relativement à l'Organisation allemande de la Guerre artistique de demain nous apprennent que tout y est, d'ores et déjà, scientifiquement préparé dans le but, au lendemain même de la conclu-*

sion de la paix, d'inonder les marchés du monde entier des produits des Industries d'art, qui n'ont jamais céssé de travailler. Les chefs de ces industries, sur un mot d'ordre général, se sont spécialement adonnés à la production des articles similaires de ceux de nos Industries d'art afin de les devancer, et par conséquent de les évincer, sur tous ces marchés.

Par exemple, les cristalleries de la Lorraine allemande de Cologne, de Schreiberau, ainsi que celles de la Bohême, auraient constitué des stocks extraordinaires de marchandises, d'après des modèles des cristalleries de Baccarat, de Saint-Gobain, de Saint-Louis, de Pantin et de Nancy.

Depuis plusieurs mois, les journaux allemands racontent « urbi et orbi » qu'il s'est créé en Allemagne et en Autriche des ligues, très puissantes, pour proscrire définitivement la Mode française et la remplacer par la Mode germanique, qui rayonnera sur tout l'univers. C'est une campagne de fourberie et de bluff, destinée à donner le change sur le maintien, sur le renforcement même, de l'emprise allemande dans cette branche si importante de nos Industries d'art. Demain, comme hier, à Berlin, à Francfort, et à Vienne, on continuera à « travailler » dans cette partie, et l'on tentera de renouveler, plus perfectionné encore, ce tour de

force et d'audace d'accaparer la plus grande partie
— 70 sur 90 — des journaux de modes parisiens,
en les affublant de titres suggestifs : « La Mode
parisienne », « Le Carnaval parisien », « La Parisienne élégante », « Le Goût à Paris », « Le Grand
Chic », « La Couturière parisienne », « La Toilette
moderne », « La Mode artistique », etc., etc.

Non seulement toutes les marchandises, fabri-
quées à force en ce moment, seront exportées dans
les pays neutres pour leur consommation particulière ; elles viendront, chez nous, ainsi que chez nos
alliés, par l'intermédiaire de ces pays, où elles auront
été naturalisées, — tout comme les Allemands par
la fameuse loi Delbruck, — pendant leur transit
dans de fausses usines, au moyen de fausses
marques de fabrique indigènes.

La presse allemande ne se fait pas faute de s'en
vanter, en assurant que les exportateurs d'Allemagne sauront trouver chez les alliés tous les complices qui leur seront nécessaires pour réussir dans
leurs impudentes entreprises. « Il peut être désa-
« gréable aux Anglais, écrira la Gazette de
« Cologne, d'apprendre, au moment précis où ils
« prêchent avec un nouveau zèle la guerre écono-
« mique contre l'Allemagne, que l'approvisionne-
« ment indirect des marchés ennemis au moyen
« de produits allemands joue dans la Foire de

« *Leipzig un grand rôle ; même si la Ligue écono-*
« *mique des alliés devient une réalité, aucune puis-*
« *sance de la terre ne peut empêcher que chacun*
« *ne s'approvisionne là où se trouve son avantage,*
« *et que des intermédiaires se trouvent toujours*
« *prêts pour le servir.* »

*La mentalité de nos ennemis ne leur permet pas de supposer, une minute, que le souvenir de leur barbarie, de leurs crimes et de leurs forfaits pendant la guerre actuelle puisse tenir devant le profit pécuniaire d'être à leurs gages, devant l'honneur spécial de leur servir de courtiers.*

*La nécessité, et la rage de la défaite militaire, plus encore que l'ambition et l'orgueil, feront redoubler les Allemands d'activité, d'énergie, de ténacité, d'ingéniosité et d'audace, d'astuce et de fourberie.*

*La Guerre artistique sera donc aussi une guerre formidable, terrible, et dont la durée pourra dépasser toutes les prévisions. La pratique constante des vertus, indispensables pour y être vainqueurs, sera même beaucoup plus difficile sur les champs de bataille de demain que sur ceux d'aujourd'hui, où l'atmosphère de foi patriotique engendre naturellement les héroïsmes, où les blessures, les souffrances et la mort pour la France les rendent sublimes et glorieux, et provoquent une admiration émue.*

*Il a été fait la démonstration que l'organisme d'enseignement artistique et technique pour nos Industries d'art, destiné à leur fournir régulièrement les officiers, sous-officiers et soldats qui leur sont nécessaires et à servir d'arsenaux de munitions, est tout entier à créer.*

*Rien de tout ce qui a été écrit dans ce livre sur l'état lamentable de cet organisme, sur son infériorité évidente vis-à-vis de celui que les Allemands ont porté à un très haut point de perfection, ne peut être contesté ni démenti, puisque les témoignages irrécusables d'exactitude de tous les renseignements et de toutes les assertions sont les aveux mêmes de ceux qui l'ont inventé et dirigé depuis trente-cinq ans, ainsi que les plaintes et les réclamations incessantes des chefs d'industrie, des artistes et des ouvriers d'art, exprimées, avec autant de franchise que de netteté, au cours des enquêtes officielles que cette situation a provoquées.*

*En présence de cette faillite complète de l'enseignement artistique et technique pour les Industries d'art, faillite éclatante et incontestée, qui a démontré péremptoirement l'incompétence absolue de l'État en cette matière, c'est désormais aux chefs d'industries, aux artistes et aux ouvriers d'art à en prendre en mains, hardiment et fermement, la direction, à en assumer, avec résolution, la responsabilité, en même temps que toute l'autorité.*

*Quand toutes les chambres de commerce, toutes les chambres syndicales, patronales et ouvrières, des Industries d'art, toutes les associations artistiques de France réclameront publiquement du Parlement et de l'État la remise des institutions diverses chargées de donner cet enseignement, on ne voit vraiment pas par quelles raisons, sérieuses et valables, leur demande pourrait être repoussée, car il s'agit en cette circonstance de la vie économique du pays ou de sa conquête artistique, industrielle et commerciale par les Allemands : la revanche de leurs défaites militaires, qu'ils préparent, avec une décision, une volonté, une ténacité et une énergie, vraiment saisissantes, et qui peuvent les rendre capables de réaliser des prodiges ; car ils bénéficient, en outre, d'une avance sur nous de plus d'un quart de siècle en organisation méthodique, et en expériences successives de la valeur de cette organisation, et de ses possibilités de perfectionnement.*

*Mais il n'y a aucune illusion à se faire : la lutte sera dure et longue, exigera une énergie, une ténacité et une endurance extraordinaires de la part des défenseurs de la liberté de l'enseignement artistique.*

*Dans une cérémonie patriotique, très émouvante, organisée récemment en l'honneur des élèves de*

l'École nationale des Arts décoratifs de Paris tombés sur les champs de bataille, le sous-secrétaire
d'État des Beaux-Arts a fait connaître par un
discours officiel les plans et projets de l'État en
vue de la Guerre artistique de demain. En voici le
résumé :

« Une grande enquête que j'ai prescrite, a-t-il
« dit, a été faite auprès des chambres de commerce
« et des principaux groupements industriels dans
« toute la France, ou du moins, hélas ! dans toute
« la France où nous avons accès. Partout, nous
« avons trouvé le meilleur accueil, et notre pensée
« de régénérer les industries d'art, de faire revivre
« celles qui ont existé autrefois a reçu les plus pré-
« cieux encouragements.

« Des comités régionaux et un comité central
« composés d'artistes, de chefs d'industries, d'ama-
« teurs, vont être créés afin de prêter leur con-
« cours à l'administration des Beaux-Arts en vue
« d'étudier toutes les mesures propres à perfection-
« ner notre enseignement et à faire connaître par
« des conférences, des expositions circulantes, les
« meilleurs exemples de productions de nos indus-
« tries d'art tout en favorisant la renaissance ou le
« développement des industries d'art spéciales aux
« diverses régions. »

Ce discours est l'affirmation publique, très

*nette, que l'État se propose d'étendre plus encore
son emprise sur tous les organismes d'enseignement
de développement et de propagande pour l'Art et
les Industries d'art ; de faire, dans ce domaine,
une concurrence, de plus en plus écrasante, à l'initiative corporative et privée ; d'exercer dans le pays
tout entier une action préventive et directrice sur le
goût public, sur les doctrines esthétiques et sur la
production artistique générale. Les chambres de
commerce, les chambres syndicales, les associations et groupements artistiques et industriels
sont invités à donner purement et simplement
leur adhésion et leurs encouragements à un programme officiel dont la préparation, l'étude et la
mise en exécution sont réservées à des comités
constitués par l'administration des Beaux-Arts, et
composés exclusivement de membres partageant
ses théories et ses idées en matière d'Art. C'est
donc non seulement le maintien mais le renforcement du régime administratif d'hier : la Tutelle
artistique de l'État.*

*Il n'y a à faire à ce programme officiel qu'une
seule, mais fort péremptoire, objection : c'est qu'il
est à la fois inopportun et inutile.*

*Nos Industries d'art nationales sont aujourd'hui,
au point de vue de l'expression de notre génie
artistique créateur, ce qu'elles étaient hier, il y a*

*un demi-siècle, et toujours : les plus vivantes, les plus inventives, les plus hardies, les plus ambitieuses d'originalité, d'élégance et de haut goût. Leur prééminence universelle est incontestée, même par nos ennemis. Elles n'ont aucun besoin d'être « régénérées », ou « ressuscitées », n'étant ni mortes, ni en état de consomption et de décrépitude.*

*Leur situation réelle est tout autre que celle dont il est fait, en ce programme officiel, un si sombre tableau :*

*Faute d'une organisation industrielle et commerciale égale à celle que l'Allemagne a su créer depuis de nombreuses années ; et par suite de l'impuissance des institutions officielles à leur fournir les artistes et les ouvriers qu'elles ont réclamés vainement pendant un si long temps, nos Industries d'art n'ont pu progresser, se développer, s'étendre, et, ainsi, résister à la concurrence formidable de nos ennemis, à la fois sur les marchés français et étrangers. Il s'agit donc, dans les circonstances présentes, uniquement et tout simplement, de donner à ces industries une Organisation pratique d'écoles, de musées et d'associations, où elles puissent recruter le personnel artistique, technique, et commercial qui leur fait si cruellement défaut, et trouver les moyens d'une expansion mondiale dont elles ont manqué jusqu'ici.*

17

*Il faut réagir énergiquement, sans se lasser jamais, contre ces campagnes publiques, souvent officielles, qui, sous prétexte de justifier des projets de création ou de réorganisation d'institutions d'enseignement, de développement et de propagande pour nos Industries d'art, les représentent comme tombées en décadence profonde, comme devenues inférieures aux Industries d'art de l'Allemagne particulièrement.*

*Il est un proverbe aussi juste que pittoresque : « Les arbres cachent la forêt ». Quand il y aura au-devant de l'ensemble des œuvres artistiques et industrielles de la fin du XIX<sup>e</sup> siècle et du commencement du XX<sup>e</sup> le recul des années ; quand, par ce recul, ils ne verront plus les arbres, mais la forêt tout entière, nos enfants et nos neveux contempleront, avec surprise et avec un plaisir infini, de véritables trésors de chefs-d'œuvre, présentant un style très caractérisé, aisé à déterminer, original et nouveau, ingénieusement adapté à nos mœurs, à nos goûts et à nos besoins, tout en continuant superbement la grande tradition nationale, léguée fidèlement par les maîtres d'un passé glorieux et fécond. Mais les inventions de l'Esthétique démocratique n'y figureront point : depuis longtemps elles seront allées rejoindre les vieilles lunes cassées, les utopies sociales démodées et les dieux vermou lus de l'Olympe impressionniste et cubiste.*

*La preuve, la plus complète, a été faite que dans le domaine de l'Art et des Industries d'art particulièrement, la Tutelle de l'État, hostile par essence à l'initiative et à l'indépendance, aux entreprises hardies et aux progrès incessants, a toujours été considérée par toutes les autres nations artistiques et industrielles, notamment par l'Allemagne, et aussi par l'Angleterre, comme l'écueil le plus dangereux à éviter ; et que l'Association est l'unique régime pouvant assurer leur défense et leur développement, car personne, mieux que les artistes, les chefs d'industries et les ouvriers, n'est en mesure de connaître les intérêts et les besoins à satisfaire et à sauvegarder.*

*La conclusion formelle, qui ressort des documents et des renseignements indiscutables qui ont été publiés, est que tous les artistes, tous les patrons et tous les ouvriers des Industries d'art ont le devoir impérieux de demander uniquement à l'Association — soit à eux-mêmes réunis dans la plus intime solidarité d'idéals, d'intérêts, et de buts — les moyens de s'organiser puissamment pour vaincre nos ennemis dans la Guerre artistique de demain. Inévitablement, ils entreront parfois en conflit avec l'État qui n'est guère favorable aux manifestations d'indépendance et d'autonomie corporatives et professionnelles ; mais qu'importe, si n'interviennent plus, désormais, les préoccupations personnelles de faveurs, de décorations et de places, entraînant à des compromissions et à des faiblesses. « L'Union fait la Force » ; et la Force au service du Droit et du Devoir est invincible.*

*« Rien n'est fait tant qu'il reste encore quelque chose à faire », dit un proverbe. Les sociétés d'Art et d'Industries d'art doivent avoir l'ambition de ne rien laisser à désirer dans leur action et dans leur propagande, puisque, de leur développement complet, dépend la prospérité nationale ; elles ne peuvent rester indifférentes à tout ce qu'elles savent maintenant de la puissance formidable des institutions rivales de l'Allemagne. Se maintenir plus longtemps dans un simple programme de dilettantisme et d'amateurisme équivaudrait, semble-t-il, à une sorte de désertion, en des circonstances aussi graves où est en jeu l'existence même de notre Art et de nos Industries d'art.*

*Et, il faut encore, pour qu'elle puisse être vraiment féconde, que l'Association ne reste pas exclusivement corporative et professionnelle, qu'elle s'étende à tous ceux qui s'intéressent à l'Art et aux Industries d'art. C'est ainsi, on ne saurait le répéter avec trop d'insistance, et assez nettement, qu'elle a été conçue, comprise et réalisée en Allemagne ; et c'est par là qu'elle y a pris un développement si extraordinaire, en comparaison avec ce qu'elle est restée chez nous, embryonnaire, pour ne pas dire à peu près avortée, par suite d'une conception toute différente de son principe.*

*Dans d'autres domaines de notre activité nationale, l'Association, au contraire, est devenue très florissante, et a même de beaucoup dépassé ce qui a été fait de mieux et de plus « kolossal » par nos ennemis : démonstration, évidente, éclatante, que notre tempérament et notre caractère ne sont point du tout réfractaires à ce mode de vie sociale, comme voudraient le faire accroire ceux qui ont un intérêt à le discréditer et à l'attaquer.*

*L'application constante du principe de l'Association, la pratique régulière de la solidarité professionnelle, l'exercice coutumier de l'initiative, de la responsabilité et de l'autorité dans les institutions corporatives d'enseignement, de développement et de propagande pour les Industries d'art, inspireront aux artistes, aux ouvriers et aux chefs de ces industries un idéal supérieur à celui de gagner purement et simplement sa vie et celle de sa famille, d'arriver à la fortune, aux honneurs et aux fonctions publiques : l'idéal de contribuer personnellement à la prospérité, à la grandeur et à la gloire de la Patrie. Ce sera là suivre l'exemple superbe donné,*

*dans le passé, par les Corporations et par les
Métiers, qui firent la France si riche, si puissante,
si fière, si respectée et si admirée.*

*Quant à la nation tout entière, elle a le devoir
de s'opposer désormais, de toutes ses forces, par
tous les moyens, à l'importation et à la propagation nouvelles en France de toutes ces doctrines,
théories, et idées étrangères, artistiques, littéraires
et philosophiques, qui ont failli nous empoisonner,
et dont les gaz asphyxiants des pionniers teutons
ne sont que la matérialisation par la chimie infer-
nale des barbares scientifiques.*

*En un chapitre spécial, résumant les grandes
leçons de l'Histoire, n'a-t-il pas été démontré que la
France a toujours rempli la haute et noble mission de nation éducatrice du monde entier, et de
l'Allemagne particulièrement, dans les arts, dans
les lettres et dans les sciences, tant qu'elle a vécu
socialement, politiquement, intellectuellement et
moralement, de sa vie propre, en conformité avec
ses traditions et ses destinées, sans se laisser entamer
par un exotisme quelconque pouvant altérer son
génie et changer son idéal ?*

*C'est cela que nous ne devons plus oublier.*

*Opposons donc une barrière infranchissable, — si
l'on tentait demain de la reprendre, — à l'entreprise*

*diabolique du déracinement systématique de notre Art national, légué intact et superbe, à travers les révólutions et les guerres, par les grands et fiers ancêtres, et qui reflète si bien, comme un miroir fidèle, le génie artistique de notre race, avec ses exquises qualités héréditaires de clarté, de délicatesse, de mesure, d'élégance et de noble simplicité.*

# TABLE DES MATIÈRES

---

## CHAPITRE VI

### Les leçons de l'Histoire.

## CHAPITRE VII

### L'Organisation de la Victoire.

MACON, PROTAT FRÈRES, IMPRIMEURS

# PRINCIPAUX OUVRAGES
## de M. MARIUS VACHON

**L'Ancien Hôtel de Ville de Paris.** Grand in-4°, 200 gravures dans et hors texte. Ouvrage publié avec le concours du Conseil municipal de Paris, 1882.

**Le Nouvel Hôtel de Ville de Paris.** Grand in-4°, 350 gravures dans et hors texte. Ouvrage publié par ordre et aux frais du Conseil municipal de Paris, à l'occasion de l'Exposition universelle de 1900.

**L'Art français pendant la guerre de 1870-1871 et la Commune.** Prix Bordin de l'Académie des Beaux-Arts en 1882. 4 vol. in-8°, avec gravures. A. QUANTIN, éditeur.

**Puvis de Chavannes.** Grand in-4° jésus, avec 100 photogravures dans le texte. 42 héliogravures hors texte. A. LAHURE, BRAUN et CLÉMENT, éditeurs, 1896.

**Edouard Detaille.** Grand in-4° jésus, avec 100 photogravures dans le texte et 20 héliogravures hors texte. A. LAHURE, éditeur, 1897.

**Jules Breton.** Grand in-4° jésus, avec 100 photogravures dans le texte et 15 héliogravures hors texte. A. LAHURE, éditeur, 1898.

**W. Bouguereau.** Grand in-4° jésus, avec 100 photogravures dans le texte et 15 héliogravures hors texte. A. LAHURE, éditeur, 1899.

**Delacroix, sa vie et son œuvre.** In-folio, 40 photogravures et nombreux dessins dans le texte. DUMAS, éditeur, 1885.

**Jacques Callot.** In-8°, avec gravures. Librairie de l'ART, Rouam, 1886.

**Philibert de l'Orme.** In-8°, avec gravures. Librairie de l'ART, Rouam, 1887.

**Les Chambiges : Une famille parisienne d'architectes maistres-maçons.** 1 vol. grand in-4°, avec gravures, 1907. Prix quinquennal de Joëst de l'Académie des Beaux-Arts, 1907.

**Pierre Vanneau et le Monument de Jean Sobiesky.** Grand in-4°, avec gravures, 1879. CHARAVAY frères, éditeurs.

**La Femme dans l'Art.** Grand in-4° de 600 pages, avec 400 gravures, 1893.

**Pour devenir un artiste.** Un vol. in-8°, avec 30 gravures. DELAGRAVE, éditeur, 1905.

**Rapports de Missions officielles** (Ministère de l'Instruction publique et des Beaux-Arts) sur les Musées, Ecoles et Institutions d'Art industriel en France, Algérie, Allemagne, Angleterre, Autriche-Hongrie, Belgique, Hollande, Italie, Russie, Danemark, Suède et Norvège. 7 volumes grand in-4°. A. QUANTIN, BERGER-LEVRAULT et Cie et IMPRIMERIE NATIONALE, 1885-1889.

**Les Arts et les Industries du papier.** In-4°, avec 200 photogravures, dans et hors texte, en couleurs. LIBRAIRIES-IMPRIMERIES RÉUNIES, 1895.

**Les Manufactures nationales : les Gobelins, Sèvres et Beauvais** (en collaboration avec Henry HAVARD). Grand in-8° de 650 pages, avec gravures. LIBRAIRIE ILLUSTRÉE, 1889.

**La Renaissance française : l'Architecture nationale.** 1 vol. in-4°, avec 75 gravures hors texte. E. FLAMMARION, 1908.

**Histoire du Louvre et des Tuileries.** Concours du Prix Bordin, de l'Académie des Beaux-Arts, en 1913. (En préparation.)

**Les Villes martyres de France et de Belgique,** 8e édition. Paris, Payot et Cie, 1915. Prix : 2 fr. 50.

**J'accuse**, par un Allemand. Edition allemande, gr. in-8.
4 »

Edition française, gr. in-8........................... **4** »

## H. FERNAU

**Précisément parce que je suis Allemand.** *Eclaircissements sur la question de la culpabilité des Austro-Allemands posée par le livre « J'accuse ».* In-16.................. **1 50**

**La plus grande Allemagne. Le rêve allemand** (L'œuvre du xx<sup>e</sup> siècle). Traduction française du livre de Otto Richard Tannenberg, *Gross-Deutschland.* Préface de M. Maurice Millioud, Professeur de Sociologie à l'Université de Lausanne. Gr. in-8, avec 7 cartes.......................... **4** »

## COLONEL F. FEYLER

**Avant-propos stratégiques. I. La manœuvre morale** (Front d'Occident, août 1914-mai 1915). In-8......... **7 50**

## ÉMILE VAXWEILER

Directeur de l'Institut de Sociologie Solvay, à l'Université de Bruxelles
Membre de l'Académie royale de Belgique

**La Belgique neutre et loyale.** 1 vol. in-8 avec un fac-similé.................................................. **2 50**

## MAURICE MURET

**L'Orgueil allemand.** Psychologie d'une crise. In-16. **3 50**

## EDMOND PERRIER

De l'Institut, Directeur du Muséum d'histoire naturelle

**France et Allemagne.** In-16..................... **3 50**

## G. FERRERO

**La Guerre Européenne.** In-16.................... **3 50**

## GÉNÉRAL F. VON BERNHARDI

**L'Allemagne et la prochaine guerre.** Préface du Colonel Feyler. Traduit de l'allemand sur la 6<sup>e</sup> édition parue en 1913. Gr. in-8............................................... **5** »

## J. RIESSER

Professeur à l'Université de Berlin
Président de l'Association centrale des banques et banquiers allemands

**Préparation et Conduite financières de la Guerre.** Traduction française d'après la 2<sup>e</sup> édition parue en 1913. Préface de M. André E. Sayous. Gr. in-8............ **5** »

## G. CLEMENCEAU

**La France devant l'Allemagne.** 1 vol. gr. in-8... **5** »

## V. CAMBON

**Notre Avenir.** In-16............................. **3 50**

MACON, PROTAT FRÈRES, IMPRIMEURS.

www.ingramcontent.com/pod-product-compliance
Lightning Source LLC
Chambersburg PA
CBHW071811020726
47502CB00004B/1073

* 9 7 8 2 0 1 4 4 8 2 5 5 3 *